Michel Leiris

L'âge d'homme

précédé de

De la littérature considérée comme une tauromachie

Gallimard

À Georges Bataille,
qui est à l'origine de ce livre.

DE LA LITTÉRATURE
CONSIDÉRÉE COMME UNE
TAUROMACHIE

« *Si l'on s'en tient à la frontière tracée dans le temps de chacun de ses ressortissants par la légalité française — règle à quoi sa naissance a voulu qu'il fût soumis — c'est en 1922 que l'auteur de* l'Âge d'homme *a atteint ce tournant de la vie qui lui a inspiré le titre de son livre. En 1922 : quatre ans après la guerre, qu'il avait traversée, comme tant d'autres garçons de sa génération, en n'y voyant guère que de longues vacances, suivant l'expression de l'un d'eux.*

Dès 1922, il se faisait peu d'illusions sur la réalité du lien qui, théoriquement, devrait unir à la majorité légale une maturité effective. En 1935, quand il mit le point final à son livre, sans doute s'imagina-t-il que son existence avait déjà passé par des détours suffisants pour qu'il pût se targuer, enfin, d'être dans l'âge viril. En notre année 39 où les jeunes gens de l'après-guerre voient décidément chanceler cet édifice de facilité dans lequel ils désespéraient en s'efforçant d'y mettre, en même temps qu'une authentique ferveur, une si terrible distinction, l'auteur avoue sans fard que son véritable « âge d'homme » lui reste encore à écrire, quand il aura subi, sous une forme ou sous une autre, la même amère épreuve qu'avaient affrontée ses aînés.

Pour légèrement fondé que lui semble, aujourd'hui, le titre de son livre, l'auteur a jugé bon de le maintenir, estimant que, tout compte fait, il n'en dément pas l'ultime propos :

recherche d'une plénitude vitale, qui ne saurait s'obtenir avant une catharsis, une liquidation, dont l'activité littéraire — et particulièrement la littérature dite « de confession » — apparaît l'un des plus commodes instruments.

Entre tant de romans autobiographiques, journaux intimes, souvenirs, confessions, qui connaissent depuis quelques années une vogue si extraordinaire (comme si, de l'œuvre littéraire, on négligeait ce qui est création pour ne plus l'envisager que sous l'angle de l'expression et regarder, plutôt que l'objet fabriqué, l'homme qui se cache — ou se montre — derrière), l'Âge d'homme vient donc se proposer, sans que son auteur veuille se prévaloir d'autre chose que d'avoir tenté de parler de lui-même avec le maximum de lucidité et de sincérité.

Un problème le tourmentait, qui lui donnait mauvaise conscience et l'empêchait d'écrire : ce qui se passe dans le domaine de l'écriture n'est-il pas dénué de valeur si cela reste « esthétique », anodin, dépourvu de sanction, s'il n'y a rien, dans le fait d'écrire une œuvre, qui soit un équivalent (et ici intervient l'une des images les plus chères à l'auteur) de ce qu'est pour le torero la corne acérée du taureau, qui seule — en raison de la menace matérielle qu'elle recèle — confère une réalité humaine à son art, l'empêche d'être autre chose que grâces vaines de ballerine ?

Mettre à nu certaines obsessions d'ordre sentimental ou sexuel, confesser publiquement certaines des déficiences ou des lâchetés qui lui font le plus honte, tel fut pour l'auteur le moyen — grossier sans doute, mais qu'il livre à d'autres en espérant le voir amender — d'introduire ne fût-ce que l'ombre d'une corne de taureau dans une œuvre littéraire.

Tel est le prière d'insérer qu'à la veille de la « drôle de guerre » j'écrivais pour l'Âge d'homme. Je le relis aujourd'hui au Havre, ville où pour la Nième fois je suis

venu passer des vacances de quelques jours et où depuis
longtemps j'ai diverses attaches (mes amis Limbour, Que-
neau, Salacrou, qui y sont nés, Sartre, qui y fut professeur
et avec qui je me liai en 1941 quand la plupart des écri-
vains restés en France occupée se trouvèrent unis contre
l'oppression nazie). Le Havre est actuellement en grande
partie détruit et j'aperçois cela de mon balcon, qui domine le
port d'assez loin et d'assez haut pour qu'on puisse estimer à
sa juste valeur l'effarante table rase que les bombes ont faite
du centre de la ville comme s'il s'était agi de renouveler,
dans le monde le plus réel, sur un terrain peuplé d'êtres
vivants, la fameuse opération cartésienne. À cette échelle, les
tourments personnels dont il est question dans l'Âge
d'homme sont évidemment peu de chose : quelles qu'aient
pu être, dans le meilleur des cas, sa force et sa sincérité, la
douleur intime du poète ne pèse rien devant les horreurs de
la guerre et fait figure de rage de dents sur laquelle il
devient déplacé de gémir ; que viendrait faire, dans l'énorme
vacarme torturé du monde, ce mince gémissement sur des
difficultés étroitement limitées et individuelles ?

Reste, qu'au Havre même, les choses continuent et que la
vie urbaine persévère. Par-dessus les maisons intactes
comme par-dessus l'emplacement des ruines, il y a par inter-
mittence, malgré le temps pluvieux, un clair et beau soleil.
Bassins nautiques et toitures miroitantes, mer écumeuse au
loin et gigantesque terrain vague des quartiers rasés (aban-
donnés pour longtemps, en vue de je ne sais quel étonnant
assolement) subissent — quand la météorologie le veut —
l'emprise de l'humidité aérienne que perforent des rayons.
Des moteurs ronflent ; tramways et bicyclistes passent ; les
gens flânent ou s'affairent et mainte fumée monte. Moi, je
regarde cela, spectateur qui n'a pas été dans le bain (ou n'y
a trempé que le bout de son pied) et s'arroge sans vergogne le
droit d'admirer ce paysage à demi dévasté comme il ferait
d'un beau tableau, jaugeant en unités ombre et lumière,
nudité pathétique et grouillement pittoresque, le lieu encore

11

aujourd'hui habité où une tragédie, il y a à peine plus d'un an, s'est jouée.

Donc, je rêvais corne de taureau. Je me résignais mal à n'être qu'un littérateur. Le matador qui tire du danger couru occasion d'être plus brillant que jamais et montre toute la qualité de son style à l'instant qu'il est le plus menacé : voilà ce qui m'émerveillait, voilà ce que je voulais être. Par le moyen d'une autobiographie portant sur un domaine pour lequel, d'ordinaire, la réserve est de rigueur — confession dont la publication me serait périlleuse dans la mesure où elle serait pour moi compromettante et susceptible de rendre plus difficile, en la faisant plus claire, ma vie privée — je visais à me débarrasser décidément de certaines représentations gênantes en même temps qu'à dégager avec le maximum de pureté mes traits, aussi bien à mon usage propre qu'afin de dissiper toute vue erronée de moi que pourrait prendre autrui. Pour qu'il y eût catharsis et que ma délivrance définitive s'opérât, il était nécessaire que cette autobiographie prît une certaine forme, capable de m'exalter moi-même et d'être entendue par les autres, autant qu'il serait possible. Je comptais pour cela sur un soin rigoureux apporté à l'écriture, sur la lueur tragique également dont serait éclairé l'ensemble de mon récit par les symboles mêmes que je mettais en œuvre : figures bibliques et de l'antiquité classique, héros de théâtre ou bien le Torero —, mythes psychologiques qui s'imposaient à moi en raison de la valeur révélatrice qu'ils avaient eue pour moi et constituaient, quant à la face littéraire de l'opération, en même temps que des thèmes directeurs les truchements par quoi s'immiscerait quelque grandeur apparente là où je ne savais que trop qu'il n'y en avait pas.

Faire le portrait le mieux exécuté et le plus ressemblant du personnage que j'étais (comme certains peignent avec éclat *paysages ingrats ou ustensiles quotidiens), ne laisser un souci d'art intervenir que pour ce qui touchait au style et à la composition : voilà ce que je me proposais, comme si j'avais escompté que mon talent de peintre et la lucidité exemplaire dont je saurais faire preuve compenseraient ma médiocrité en tant que modèle et comme si, surtout, un accroissement d'ordre moral devait pour moi résulter de ce qu'il y avait d'ardu dans une telle entreprise puisque — à défaut même de l'élimination de quelques-unes de mes faiblesses — je me serais du moins montré capable de ce regard sans complaisance dirigé sur moi-même.*

Ce que je méconnaissais, c'est qu'à la base de toute introspection il y a goût de se contempler et qu'au fond de toute confession il y a désir d'être absous. Me regarder sans complaisance, c'était encore me regarder, maintenir mes yeux fixés sur moi au lieu de les porter au-delà pour me dépasser vers quelque chose de plus largement humain. Me dévoiler devant les autres mais le faire dans un écrit dont je souhaitais qu'il fût bien rédigé et architecturé, riche d'aperçus et émouvant, c'était tenter de les séduire pour qu'ils me soient indulgents, limiter — de toute façon — le scandale en lui donnant forme esthétique. Je crois donc que, si enjeu il y a eu et corne de taureau, ce n'est pas sans un peu de duplicité que je m'y suis aventuré : cédant, d'une part, encore une fois à ma tendance narcissique ; essayant, d'autre part, de trouver en autrui moins un juge qu'un complice. De même, le matador qui semble risquer le tout pour le tout soigne sa ligne et fait confiance, pour triompher du danger, à sa sagacité technique.

Toutefois, il y a pour le torero menace réelle de mort, ce qui n'existera jamais pour l'artiste, sinon de manière extérieure à son art (ainsi, pendant l'occupation allemande, la littérature clandestine, qui certes impliquait un danger mais dans la mesure où elle s'intégrait à une lutte beaucoup plus générale et, somme toute, indépendamment de l'écriture elle-même). Suis-je donc fondé à maintenir la comparaison et à regarder comme valable mon essai d'introduire « ne fût-ce que l'ombre d'une corne de taureau dans une œuvre littéraire » ? Le fait d'écrire peut-il jamais entraîner pour celui qui en fait profession un danger qui, pour n'être pas mortel, soit du moins positif ?

Faire un livre qui soit un acte, tel est, en gros, le but qui m'apparut comme celui que je devais poursuivre, quand j'écrivis l'Age d'homme. Acte par rapport à moi-même puisque j'entendais bien, le rédigeant, élucider, grâce à cette formulation même, certaines choses encore obscures sur lesquelles la psychanalyse, sans les rendre tout à fait claires, avait éveillé mon attention quand je l'avais expérimentée comme patient. Acte par rapport à autrui puisqu'il était évident qu'en dépit de mes précautions oratoires la façon dont je serais regardé par les autres ne serait plus ce qu'elle était avant publication de cette confession. Acte, enfin, sur le plan littéraire, consistant à montrer le dessous des cartes, à faire voir dans toute leur nudité peu excitante les réalités qui formaient la trame plus ou moins déguisée, sous des dehors voulus brillants, de mes autres écrits. Il s'agissait moins là de ce qu'il est convenu d'appeler « littérature engagée » que d'une littérature dans laquelle j'essayais de m'engager tout entier. Au-dedans comme au-dehors : attendant qu'elle me modifiât, en m'aidant à prendre conscience, et qu'elle introduisît également un élément nouveau dans mes rapports avec autrui, à commencer par mes rapports avec mes proches, qui ne pourraient plus être tout à fait pareils quand j'aurais mis au jour ce qu'on soupçonnait peut-être déjà, mais à coup sûr confusément. Il n'y avait pas là désir d'une brutalité cynique. Envie, plutôt, de tout avouer pour partir sur de nouvelles bases, entretenant avec ceux à l'affection ou à l'estime desquels j'attachais du prix des relations désormais sans tricherie.

Du point de vue strictement esthétique, il s'agissait pour moi de condenser, à l'état presque brut, un ensemble de faits et d'images que je me refusais à exploiter en laissant travail-

ler dessus mon imagination ; en somme : la négation d'un roman. Rejeter toute affabulation et n'admettre pour matériaux que des faits véridiques (et non pas seulement des faits vraisemblables, comme dans le roman classique), rien que ces faits et tous ces faits, était la règle que je m'étais choisie. Déjà, une voie avait été ouverte dans ce sens par la Nadja *d'André Breton, mais je rêvais surtout de reprendre à mon compte — autant que faire se pourrait — ce projet inspiré à Baudelaire par un passage des* Marginalia *d'Edgar Poe : mettre son cœur à nu, écrire ce livre sur soi-même où serait poussé à tel point le souci de sincérité que, sous les phrases de l'auteur, « le papier se riderait et flamberait à chaque touche de la plume de feu ».*

Pour diverses raisons — divergences d'idées, mêlées à des questions de personnes, qu'il serait trop long d'exposer ici — j'avais rompu avec le surréalisme. Pourtant, il est de fait que j'en restais imprégné. Réceptivité à l'égard de ce qui apparaît comme nous étant donné sans que nous l'ayons cherché (sur le mode de la dictée intérieure ou de la rencontre de hasard), valeur poétique attachée aux rêves (considérés en même temps comme riches en révélations), large créance accordée à la psychologie freudienne (qui met en jeu un matériau séduisant d'images et, par ailleurs, offre à chacun un moyen commode de se hausser jusqu'au plan tragique en se prenant pour un nouvel Œdipe), répugnance à l'égard de tout ce qui est transposition ou arrangement c'est-à-dire compromis fallacieux entre les faits réels et les produits purs de l'imagination, nécessité de mettre les pieds dans le plat (quant à l'amour, notamment, que l'hypocrisie bourgeoise traite trop aisément comme matière de vaudeville quand elle ne le relègue pas dans un secteur maudit) : telles sont quelques-unes des grandes lignes de force qui continuaient à me traverser, embarrassées de maintes scories et non sans quelques contradictions, quand j'eus l'idée de cet ouvrage où se trouvent confrontés souvenirs d'enfance, récits d'événements réels, rêves et impressions effectivement éprouvées, en une sorte de collage surréaliste ou plutôt de photo-montage puisque aucun élément n'y est utilisé qui ne soit d'une véracité rigoureuse ou n'ait valeur de document. Ce parti pris de réalisme — non pas feint comme dans l'ordinaire des romans, mais positif (puisqu'il s'agissait exclusivement de choses vécues et présentées sans le moindre travestissement) — m'était non seulement imposé par la nature de ce que je me proposais (faire le point en moi-même et me dévoiler publiquement) mais répondait aussi à une exigence esthétique : ne parler que de ce que je connaissais par expérience et qui me touchait du plus près, pour que fût assurée à chacune de mes phrases une densité particulière, une plénitude émouvante, en d'autres termes : la qualité propre à ce qu'on dit « authentique ». Être vrai, pour avoir chance d'atteindre cette résonance si difficile à définir et que le mot « authentique » (applicable à des choses si diverses et, notamment, à des créations purement poétiques) est fort loin d'avoir expliquée : voilà ce à quoi je tendais, ma conception quant à l'art d'écrire venant ici converger avec l'idée morale que j'avais quant à mon engagement dans l'écriture.

Me tournant vers le torero, j'observe que pour lui également il y a règle qu'il ne peut enfreindre et authenticité, puisque la tragédie qu'il joue est une tragédie réelle, dans laquelle il verse le sang et risque sa propre peau. La question est de savoir si, dans de telles conditions, le rapport que j'établis entre son authenticité et la mienne ne repose pas sur un simple jeu de mots.

Il est entendu une fois pour toutes qu'écrire et publier une autobiographie n'entraînent pour celui qui s'en rend responsable (à moins qu'il n'ait commis un délit dont l'aveu lui ferait encourir la peine capitale) aucun danger de mort, sauf circonstances exceptionnelles. Sans doute, risque-t-il d'en pâtir dans ses rapports avec ses proches et de se déconsidérer socialement si les aveux qu'il fait vont par trop à l'encontre des idées reçues ; mais il se peut, même s'il n'est pas un pur cynique, que de telles sanctions aient pour lui peu de poids (voire le satisfassent, s'il regarde comme salubre l'atmosphère ainsi créée autour de lui) et qu'il mène par conséquent sa partie avec un enjeu tout à fait fictif. Quoi qu'il en soit, un tel risque moral ne peut se comparer avec le risque matériel qu'affronte le torero ; admettant même qu'il y ait commune mesure entre eux sur le plan de la quantité (si l'attachement de certains et l'opinion d'autrui comptent pour moi autant ou plus que ma vie même, encore qu'en un pareil domaine il soit aisé de s'illusionner), le danger auquel je m'expose en publiant ma confession diffère radicalement, sur le plan de la qualité, de celui qu'en une mise en jeu constante dont il fait son métier assume le tueur de taureaux. De même, ce qu'il peut entrer d'agressif dans le dessein de proclamer sur soi la vérité (dussent ceux qu'on aime en souffrir) reste très différent d'une tuerie, quels que soient les dégâts qu'on puisse ainsi provoquer. Dois-je donc tenir décidément pour abusive l'analogie qui m'avait paru s'esquisser entre deux façons spectaculaires d'agir et de se risquer ?

J'ai parlé plus haut de la règle fondamentale (dire toute la vérité et rien que la vérité) à laquelle est astreint le faiseur de confession et j'ai fait allusion également à l'étiquette précise à laquelle doit se conformer, dans son combat, le torero. Pour ce dernier il appert que la règle, loin d'être une protection, contribue à le mettre en danger : porter l'estocade dans les conditions requises implique, par exemple, qu'il mette son corps, durant un temps appréciable, à la portée des cornes ; il y a donc là une liaison immédiate entre l'obédience à la règle et le danger couru. Or, toutes proportions gardées, n'est-ce pas à un danger directement proportionnel à la rigueur de la règle qu'il s'est choisie que se trouve exposé l'écrivain qui fait sa confession ? Car dire la vérité, rien que la vérité, n'est pas tout : encore faut-il l'aborder carrément et la dire sans artifices tels que grands airs destinés à en imposer, trémolos ou sanglots dans la voix, ainsi que fioritures, dorures, qui n'auraient d'autre résultat que de la déguiser plus ou moins, ne fût-ce qu'en atténuant sa crudité, en rendant moins sensible ce qu'elle peut avoir de choquant. Ce fait que le danger couru dépend d'une observance plus ou moins étroite de la règle représente donc ce que je puis retenir, sans trop d'outrecuidance, de la comparaison que je m'étais plu à établir entre mon activité comme faiseur de confession et celle du torero.

S'il me semblait, de prime abord, qu'écrire le récit de ma vie vue sous l'angle de l'érotisme (angle privilégié, puisque la sexualité m'apparaissait alors comme la pierre angulaire dans l'édifice de la personnalité), s'il me semblait que pareille confession portant sur ce que le christianisme appelle les « œuvres de la chair » suffisait à faire de moi, par l'acte que cela représente, une manière de torero, encore faut-il que j'examine si la règle que je m'étais imposée — règle dont je me suis contenté d'affirmer que sa rigueur me mettait en danger — est bien assimilable, rapport avec le danger mis à part, à celle qui régit les mouvements du torero.

D'une manière générale, on peut dire que la règle tauromachique poursuit un but essentiel : outre qu'elle oblige l'homme à se mettre sérieusement en danger (tout en l'armant d'une indispensable technique), à ne pas se défaire n'importe comment de son adversaire, elle empêche que le combat soit une simple boucherie ; aussi pointilleuse qu'un rituel, elle présente un aspect tactique (mettre la bête en état de recevoir le coup d'estoc, sans l'avoir fatiguée, toutefois, plus qu'il n'était nécessaire) mais elle présente aussi un aspect esthétique : c'est dans la mesure où l'homme « se profilera » comme il le faut lorsqu'il donnera son coup d'épée que dans son attitude il y aura cette arrogance ; c'est dans la mesure également où ses pieds resteront immobiles au cours d'une série de passes bien serrées et bien liées, la cape se mouvant avec lenteur, qu'il formera avec la bête ce composé prestigieux où homme, étoffe et lourde masse cornue paraissent unis les uns aux autres par tout un jeu *d'influences réciproques ; tout concourt, en un mot, à empreindre l'affrontement du taureau et du torero d'un caractère* sculptural.

Envisageant mon entreprise à la manière d'un photo-montage et choisissant pour m'exprimer un ton aussi objectif que possible, tentant de ramasser ma vie en un seul bloc solide (objet que je pourrais toucher comme pour m'assurer contre la mort, alors même que, paradoxalement, je prétendais tout risquer), si j'ouvrais bien ma porte aux rêves (élément psychologiquement justifié mais coloré de romantisme, de même que les jeux de cape du torero, utiles techniquement, sont aussi des envolées lyriques) je m'imposais, en somme, une règle aussi sévère que si j'avais voulu faire une œuvre classique. Et c'est en fin de compte cette sévérité même, ce « classicisme » — n'excluant pas la démesure telle qu'il y en a dans nos tragédies même les plus codifiées et reposant non seulement sur des considérations relatives à la forme mais sur l'idée de parvenir ainsi au maximum de la véracité — qui me paraît avoir conféré à mon entreprise (si tant est que j'y aie réussi) quelque chose d'analogue à ce qui fait pour moi la valeur exemplaire de la corrida *et que n'aurait pu lui donner par elle-même l'imaginaire corne de taureau.*

User de matériaux dont je n'étais pas maître et qu'il me fallait bien prendre tels que je les trouvais (puisque ma vie était ce qu'elle était et qu'il ne m'était pas loisible de changer d'une virgule mon passé, donnée première représentant pour moi un lot aussi peu récusable que pour le torero la bête qui débouche du toril), dire tout et le dire en faisant fi de toute emphase, sans rien laisser au bon plaisir et comme obéissant à une nécessité, tels étaient et le hasard que j'acceptais et la loi que je m'étais fixée, l'étiquette avec laquelle je ne pouvais pas transiger. Que le désir de m'exposer *(dans tous les sens du terme) ait constitué le ressort premier, il demeurait que cette condition nécessaire n'était pas condition suffisante et qu'il fallait en outre que de ce but originel se dédui-*

sît, avec la force quasi automatique d'une obligation, la forme à adopter. Ces images que je rassemblais, ce ton que je prenais, en même temps qu'ils approfondissaient et avivaient la connaissance que j'avais de moi, devaient être ce qui rendrait, sauf échec, mon émotion mieux à même de se partager. De même, l'ordonnance de la corrida (cadre rigide imposé à une action où, théâtralement, le hasard doit apparaître dominé) est technique de combat et, en même temps, cérémonial. Il fallait donc que cette règle de méthode que je m'étais imposée — dictée par la volonté de voir en moi avec la plus grande acuité possible — jouât simultanément, de manière efficace, comme canon de composition. Identité, si l'on y tient, de la forme et du fond mais, plus exactement, démarche unique me révélant le fond à mesure que je lui donnais forme, forme capable d'être fascinante pour autrui et (poussant les choses à l'extrême) de lui faire découvrir en lui-même quelque chose d'homophone à ce fond qui m'était découvert.

Ceci, évidemment, je le formule très a posteriori, pour tâcher de définir au mieux le jeu que je menais et sans qu'il m'appartienne, il va de soi, de décider si cette règle « tauromachique », à la fois guide pour l'action et garantie contre les facilités possibles, s'est avérée capable d'une telle efficacité comme moyen de style, voire même (quant à certains détails) si ce en quoi je prétendais voir une nécessité de méthode ne répondait pas plutôt à une arrière-pensée touchant à la composition.

Étant entendu cependant que je distingue, en littérature, une sorte de genre pour moi majeur (qui comprendrait les œuvres où la corne est présente, sous une forme ou sous une autre : risque direct assumé par l'auteur soit d'une confession soit d'un écrit au contenu subversif, façon dont la condition humaine est regardée en face ou « prise par les cornes », conception de la vie engageant son tenant vis-à-vis des autres hommes, attitude devant les choses telle que l'humour ou la folie, parti pris de se faire le résonateur des grands thèmes du tragique humain) je puis indiquer en tout cas — mais sans doute est-ce là enfoncer une porte ouverte ? — que c'est dans la mesure exacte où l'on ne peut y déceler d'autre règle de composition que celle-là même qui a servi de fil d'Ariane à son auteur au cours de l'explication abrupte qu'il opérait — par approches successives ou à brûle-pourpoint — avec lui-même qu'une œuvre de ce genre peut être tenue pour littérairement « authentique ». Cela par définition, dès le moment qu'on admet que l'activité littéraire, dans ce qu'elle a de spécifique en tant que discipline de l'esprit, ne peut avoir d'autre justification que de mettre en lumière certaines choses pour soi en même temps qu'on les rend communicables à autrui *et que l'un des buts les plus hauts qui puissent être assignés à sa forme pure, j'entends : la poésie, est de restituer au moyen des mots certains états intenses, concrètement éprouvés et devenus signifiants, d'être ainsi mis en mots.*

Je suis bien loin, ici, d'événements tout à fait actuels et tout à fait consternants tels que la destruction d'une grande partie du Havre, si différent aujourd'hui de ce que j'ai connu, et amputé d'endroits auxquels, subjectivement, me rattachaient des souvenirs : l'Hôtel de l'Amirauté, par exemple, et les rues chaudes aux bâtisses maintenant anéanties ou éventrées, comme celle sur le flanc de laquelle on lit encore l'inscription « LA LUNE The Moon » accompagnée d'une image représentant une face hilare en forme de disque lunaire. Il y a la plage aussi, jonchée d'une étrange floraison de ferraille et couverte de tas de pierres laborieusement rassemblées, face à la mer où un cargo, l'autre jour, a sauté sur une mine, ajoutant son épave à pas mal d'autres épaves. Je suis bien loin, certes, de cette corne authentique de la guerre dont je ne vois, en des maisons abattues, que les moins sinistres effets. Plus engagé matériellement, plus agissant et, de ce fait, plus menacé, peut-être envisagerais-je la chose littéraire avec plus de légèreté ? L'on peut présumer que je serais travaillé de façon moins maniaque par le souci d'en faire un acte, un drame en quoi je tiens à assumer, positivement, un risque comme si ce risque était condition nécessaire pour que je m'y réalise tout entier. Il resterait, néanmoins, cet engagement essentiel qu'on est en droit d'exiger de l'écrivain, celui qui découle de la nature même de son art : ne pas mésuser du langage et faire par conséquent en sorte que sa parole, de quelque manière qu'il s'y prenne pour la transcrire sur le papier, soit toujours vérité. Il resterait qu'il lui faut, se situant sur le plan intellectuel ou passionnel, apporter des pièces à conviction au procès de notre actuel système de valeurs et peser, de tout le poids dont il est si souvent oppressé, dans le sens de l'affranchissement de tous les hommes, faute de quoi nul ne saurait parvenir à son affranchissement particulier.

Le Havre, décembre 1945.
Paris, janvier 1946.

Je viens d'avoir trente-quatre ans, la moitié de la vie. Au physique, je suis de taille moyenne, plutôt petit. J'ai des cheveux châtains coupés court afin d'éviter qu'ils ondulent, par crainte aussi que ne se développe une calvitie menaçante. Autant que je puisse en juger, les traits caractéristiques de ma physionomie sont : une nuque très droite, tombant verticalement comme une muraille ou une falaise, marque classique (si l'on en croit les astrologues) des personnes nées sous le signe du Taureau ; un front développé, plutôt bossué, aux veines temporales exagérément noueuses et saillantes. Cette ampleur de front est en rapport (selon le dire des astrologues) avec le signe du Bélier ; et en effet je suis né un 20 avril, donc aux confins de ces deux signes : le Bélier et le Taureau. Mes yeux sont bruns, avec le bord des paupières habituellement enflammé ; mon teint est coloré ; j'ai honte d'une fâcheuse tendance aux rougeurs et à la peau luisante. Mes mains sont maigres, assez velues, avec des veines très dessinées ; mes deux majeurs, incurvés vers le bout, doivent dénoter quelque chose d'assez faible ou d'assez fuyant dans mon caractère.

Ma tête est plutôt grosse pour mon corps ; j'ai les

jambes un peu courtes par rapport à mon torse, les épaules trop étroites relativement aux hanches. Je marche le haut du corps incliné en avant ; j'ai tendance, lorsque je suis assis, à me tenir le dos voûté ; ma poitrine n'est pas très large et je n'ai guère de muscles. J'aime à me vêtir avec le maximum d'élégance ; pourtant, à cause des défauts que je viens de relever dans ma structure et de mes moyens qui, sans que je puisse me dire pauvre, sont plutôt limités, je me juge d'ordinaire profondément inélégant ; j'ai horreur de me voir à l'improviste dans une glace car, faute de m'y être préparé, je me trouve à chaque fois d'une laideur humiliante.

Quelques gestes m'ont été — ou me sont — familiers : me flairer le dessus de la main ; ronger mes pouces presque jusqu'au sang ; pencher la tête légèrement de côté ; serrer les lèvres et m'amincir les narines avec un air de résolution ; me frapper brusquement le front de la paume — comme quelqu'un à qui vient une idée — et l'y maintenir appuyée quelques secondes (autrefois, dans des occasions analogues, je me tâtais l'occiput) ; cacher mes yeux derrière ma main quand je suis obligé de répondre oui ou non sur quelque chose qui me gêne ou de prendre une décision ; quand je suis seul me gratter la région anale ; etc. Ces gestes, je les ai un à un abandonnés, au moins pour la plupart. Peut-être aussi en ai-je seulement changé et les ai-je remplacés par de nouveaux que je n'ai pas encore repérés ? Si rompu que je sois à m'observer moi-même, si maniaque que soit mon goût pour ce genre amer de contemplation, il y a sans nul doute des choses qui m'échappent, et vraisemblablement parmi les plus apparentes, puisque la perspective est tout et qu'un tableau de moi, peint selon ma propre perspective, a de grandes chances de laisser dans l'ombre certains

détails qui, pour les autres, doivent être les plus fla-
grants.

Mon activité principale est la littérature, terme
aujourd'hui bien décrié. Je n'hésite pas à l'employer
cependant, car c'est une question de fait : on est littérateur comme on est botaniste, philosophe, astro-
nome, physicien, médecin. A rien ne sert d'inventer
d'autres termes, d'autres prétextes pour justifier ce
goût qu'on a d'écrire : est littérateur quiconque aime
penser une plume à la main. Le peu de livres que j'ai
publiés ne m'a valu aucune notoriété. Je ne m'en
plains pas, non plus que je ne m'en vante, ayant une
même horreur du genre écrivain à succès que du
genre poète méconnu.

Sans être à proprement parler un voyageur, j'ai vu
un certain nombre de pays : très jeune, la Suisse, la
Belgique, la Hollande, l'Angleterre ; plus tard la Rhé-
nanie, l'Égypte, la Grèce, l'Italie et l'Espagne ; très
récemment l'Afrique tropicale. Cependant je ne
parle convenablement aucune langue étrangère et
cela, joint à beaucoup d'autres choses, me donne
une impression de déficience et d'isolement.

Bien qu'obligé de travailler (à une besogne d'ailleurs peu pénible, puisque mon métier d'ethno-
graphe est assez conforme à mes goûts) je dispose
d'un certain confort ; je jouis d'une assez bonne
santé ; je ne manque pas d'une relative liberté et je
dois, à bien des égards, me ranger parmi ceux qu'il
est convenu de nommer les « heureux de la vie ».
Pourtant, il y a peu d'événements dans mon existence que je puisse me rappeler avec quelque satis-
faction, j'éprouve de plus en plus nettement la sensation de me débattre dans un piège et — sans aucune
exagération littéraire — il me semble que je suis
rongé.

Sexuellement je ne suis pas, je crois, un anormal

— simplement un homme plutôt froid — mais j'ai depuis longtemps tendance à me tenir pour quasi impuissant. Il y a beau temps, en tout cas, que je ne considère plus l'acte amoureux comme une chose simple, mais comme un événement relativement exceptionnel, nécessitant certaines dispositions intérieures ou particulièrement tragiques ou particulièrement heureuses, très différentes, dans l'une comme dans l'autre alternative, de ce que je dois regarder comme mes dispositions moyennes.

D'un point de vue moins immédiatement érotique, j'ai toujours eu le dégoût des femmes enceintes, la crainte de l'accouchement et une franche répugnance à l'égard des nouveau-nés. C'est un sentiment qu'il me semble avoir éprouvé jusque dans ma plus lointaine enfance et je ne suis pas sûr qu'une formule telle que le « Ils furent très heureux et eurent beaucoup d'enfants » des contes de fées ne m'ait pas, de bonne heure, plutôt porté à sourire.

Quand ma sœur accoucha d'une fille, j'avais quelque chose comme neuf ans ; je fus littéralement écœuré lorsque je vis l'enfant, son crâne en pointe, ses langes souillés d'excréments et son cordon ombilical qui me fit m'écrier : « Elle vomit par le ventre ! » Surtout, je ne pouvais tolérer de ne plus être le plus jeune, celui que, dans la famille, on appelait le « petit dernier ». Je saisissais que je ne représentais plus la dernière génération ; j'avais la révélation du *vieillissement* ; je ressentais une grande tristesse et un malaise — angoisse qui, depuis, n'a fait que s'accentuer.

Adulte, je n'ai jamais pu supporter l'idée d'avoir un enfant, de mettre au monde un être qui, par définition, ne l'a pas demandé et qui finira fatalement par mourir, après avoir peut-être, à son tour, procréé. Il me serait impossible de faire l'amour si, accomplissant cet acte, je le considérais autrement que comme stérile et sans rien de commun avec l'instinct humain de féconder. J'en arrive à penser que l'amour et la mort — engendrer et se défaire, ce qui revient au même — sont pour moi choses si proches que toute idée de joie charnelle ne me touche qu'accompagnée d'une terreur superstitieuse, comme si les gestes de l'amour, en même temps qu'ils amènent ma vie en son point le plus intense, ne devaient que me porter malheur.

Bien que notre union n'ait pas été sans quelques orages dus à mon caractère instable, à mon réel défaut de cœur et par-dessus tout à cette immense capacité d'ennui dont le reste découle, j'aime la femme qui vit avec moi et je commence à croire que je finirai mes jours avec elle, pour autant qu'il soit permis de proférer de telles paroles sans s'exposer à ce que le destin vous inflige un sanglant démenti. Comme beaucoup d'autres, j'ai fait ma descente aux enfers et, comme quelques-uns, j'en suis plus ou moins ressorti. En deçà de cet enfer, il y a ma première jeunesse vers laquelle, depuis quelques années, je me tourne comme vers l'époque de ma vie qui fut la seule heureuse, bien que contenant déjà les éléments de sa propre désagrégation et tous les traits qui, peu à peu creusés en rides, donnent sa ressemblance au portrait.

Avant d'essayer de dégager quelques-uns des linéaments qui s'avèrent permanents à travers cette dégradation de l'absolu, cette progressive dégénérescence en quoi pourrait selon moi se traduire, pour une très large part, le passage de la jeunesse à l'âge mûr, je voudrais fixer ici, en quelques lignes, ce que je suis à même de rassembler en fait de vestiges de la *métaphysique de mon enfance.*

Il m'est impossible de découvrir à partir de quel moment j'ai eu connaissance de la mort et par quelle voie elle a fini par prendre dans mon esprit une réalité, cessant de signifier simplement « aller au ciel ». Ma mère m'emmenait parfois au cimetière du Père-Lachaise, sur la tombe de ses parents où étaient exposés sous un globe de verre les insignes maçonniques de mon grand-père, haut fonctionnaire de la Troisième République qui avait été disciple d'Auguste Comte et vénérable de la loge « La Rose du Parfait Silence ». Trouvant toujours le globe cassé et les insignes mis en désordre par les mains de gens malintentionnés, ma mère avait fini par renoncer à cette exposition de reliques et se contentait d'orner la tombe avec des fleurs, des immortelles et de légères couronnes de perles. Ces visites au cimetière si éloigné du quartier bourgeois — provincial presque — où nous habitions me donnaient bien un avant-goût de quelque chose, mais qui n'était pas encore vraiment la Mort.

J'avais en tête quelques idées peu rassurantes qui touchaient à la Mort, plus exactement au *cadavre* (l'une, notamment, qui me venait d'une gravure vue dans un illustré où il était question, si je ne m'égare pas, d'un homme frappé par le tonnerre, dans l'œil de qui était photographiée l'image de l'arbre sous lequel il avait été foudroyé). J'avais aussi — ou j'eus un peu plus tard — certaines représentations concernant le *suicide*, un supplément illustré de quotidien m'étant tombé sous les yeux où j'avais vu figuré le suicide d'un radjah avec ses femmes au milieu d'un incendie, fait divers qui avait dû se passer dans quelque île ou presqu'île de la Malaisie ; le radjah était un homme assez jeune, svelte et jaune, doté d'une moustache noire et d'un turban à aigrette ; ses femmes ayant été tuées de sa main ou mises à mort par son ordre, il était représenté en train de se poignarder à son tour ; il s'enfonçait dans la poitrine un long kriss à lame ondulée et sa stature, déjà quelque peu vacillante, se détachait sur le fond d'incendie.

Je ne comprenais pas en quoi exactement consistait le suicide et surtout dans quelle mesure la volonté intervenait dans cet acte ; je me demandais par exemple si les femmes que le radjah avait tuées ou fait tuer étaient ou non des suicidées, jusqu'à quel point elles avaient été consentantes, jusqu'à quel point on les avait forcées. La seule chose claire que je percevais, c'est le mot « suicide » lui-même, dont j'associais la sonorité avec l'idée d'incendie et la forme serpentine du kriss, et cette association s'est tellement ancrée dans mon esprit qu'aujourd'hui encore je ne puis écrire le mot SUICIDE sans revoir le radjah dans son décor de flammes : il y a l'S dont la forme autant que le sifflement me rappelle, non seulement la torsion du corps près de tomber, mais la sinusoïdalité de la lame ; UI, qui vibre curieusement et s'insinue, si l'on peut dire, comme le fusement du feu ou les angles à peine mousses d'un éclair congelé, CIDE, qui intervient enfin pour tout conclure, avec son goût acide impliquant quelque chose d'incisif et d'aiguisé.

Je constate donc que, si vague que fût ma notion de la mort (elle n'était guère plus pour moi que cette pure allégorie : un squelette armé d'une faux), j'avais du moins quelque idée de ce qu'est la mort violente : être foudroyé, ou suicidé. Ceux qui mouraient au lit c'étaient les gens de ma famille, les personnes qui par définition « allaient au ciel » et à qui le bonheur éternel était promis. Les autres étaient des personnages exceptionnels qui, pour un peu, auraient fait figure de monstres, voire de maudits. La mort, ce n'était pour moi ni l'accident qui anéantit soudainement, ni la disparition tragique au cours d'un incendie, ce n'était, à coup sûr, pas la perte de l'existence, mais le passage au repos du cimetière, à la double vie du paradis et de la tombe que des mains pieuses viennent fleurir.

Si tout, par conséquent, reste confus quant à la manière dont j'ai peu à peu pris conscience de ce qu'est au vrai la mort, je retrouve une image matérielle très précise qui contribua pour beaucoup à me donner la notion de la succession des stades de l'existence, de l'écoulement du temps, du passage à l'état adulte puis à la décrépitude, en un mot : du vieillissement. Il s'agit d'une suite de compositions que je vis tout petit, ornant le dos du cartonnage d'un album édité à Epinal, et qui était intitulée *Les Couleurs de la vie*. Je ne suis pas certain de me rappeler exactement quelles étaient ces couleurs, ni surtout à quelles phases déterminées de la vie on les faisait correspondre, mais les voici, telles qu'elles me reviennent en mémoire.

La case correspondant à la *couleur « méli-mélo »* (la première en haut et à gauche) était couverte d'un ton indécis, olivâtre ou violacé. D'une part on voyait des nouveau-nés dans des choux, d'autre part un bébé à bourrelets, en train de s'essuyer les yeux avec les poings et de brailler, soutenu sous les bras par une armature circulaire à roulettes jouant le rôle des actuels « parcs » et dite à cette époque « chariot ».

Je m'inquiétais beaucoup de savoir si j'avais, oui ou non, dépassé l'âge du « méli-mélo ». J'interrogeais souvent mes frères à ce sujet ; pour me faire enrager ils me disaient bien entendu que non et j'étais à chaque fois affreusement mortifié. Je n'aspirais pas aux stades les plus élevés ; à proprement parler ils se fondaient avec la nuit des temps et je n'avais même aucune idée que l'un d'entre eux (si ce n'est, peut-être, l'âge du mariage) pût figurer une apogée. Simplement, j'étais anxieux de passer de la phase « méli-mélo » à celle qui était représentée dans la case suivante, celle qui portait

la *couleur rose,* ou de l'adolescence, et où l'on distinguait, à côté d'un petit garçon accoudé à l'appui d'une fenêtre, et faisant des bulles de savon, un groupe de fillettes et de garçons jouant et courant gaiement. Là se bornait mon ambition, et toutes les autres cases — excepté peut-être la dernière — restaient pour moi des schèmes entièrement abstraits.

Il y avait donc, entre autres :

la *couleur bleue,* avec des amoureux au clair de lune ;

la *couleur verte* (?) où figurait une scène touchant à la maternité ;

puis les couleurs de la maturité, les seules, avec les deux premières couleurs de l'enfance, que je me rappelle avec une suffisante précision :

la *couleur de « marrons cuits »,* correspondant à deux ivrognes mâles d'une quarantaine d'années, vêtus comme des chiffonniers ou des vagabonds et échangeant des horions dont la violence était exprimée par force étoiles de diverses grosseurs ;

La *couleur rouge,* avec un homme barbu coiffé d'une calotte, enfoncé dans un vaste fauteuil, les pieds chaussés de confortables pantoufles et allongés dans la direction du feu, évoquant — tout en fumant une bonne pipe — ses souvenirs de gloire et de vaillance, scènes militaires qu'on voyait représentées, avec des trajectoires de boulets et des éclatements de grenades, dans la fumée montant du coke bien rouge auprès duquel il était en train de se chauffer ;

la *couleur jaune* (je ne sais si c'était bien cela, mais pour moi l'image voulait dire : la jaunisse) ; on y voyait un homme sans âge, presque sans sexe, glabre, tortueux, cacochyme, portant marmotte et robe de chambre et se réconfortant d'une tasse de tisane ;

la *couleur grise*, consacrée à une scène de famille du genre le plus classiquement optimiste : parents et grands-parents se passant, de bras en bras, un minuscule poupon ;

la *couleur noire* enfin, dont l'élément essentiel était un personnage très lugubre et d'une maigreur décharnée, assis dans une espèce de cave où il « broyait du noir », me semble-t-il, à l'aide d'un appareil à manivelle semblable à ceux dont on se sert pour torréfier le café ; coiffé d'un haut-de-forme et vêtu d'un costume noir qui lui donnait l'allure d'une sorte de croque-mort, les yeux pleurards, le nez morveux, il tenait à la main une chandelle prête à s'éteindre et toute coulante.

Chacune de ces images devait avoir un titre correspondant à sa couleur, dans le genre du « méli-mélo » ou des « marrons cuits ». Elles devaient être, aussi, bien plus nombreuses, et, vraisemblablement, la plupart des occupations courantes inhérentes aux divers âges de la vie y étaient représentées. Toutefois, je ne me souviens d'aucune, en dehors de celles que je viens de citer ; ce qui montre, à vrai dire, qu'elles ne m'avaient peut-être pas autant frappé que je veux le croire aujourd'hui.

En définitive, la seule qui reste vraiment chargée de sens pour moi est celle du « méli-mélo », parce qu'elle exprime à merveille ce chaos qu'est le premier stade de la vie, cet état irremplaçable où, comme aux temps mythiques, toutes choses sont encore mal différenciées, où, la rupture entre microcosme et macrocosme n'étant pas encore entièrement consommée, on baigne dans une sorte d'univers fluide de même qu'au sein de l'absolu.

J'ai passé maintenant par un certain nombre de ces couleurs, y compris, bien avant quarante ans, celle des « marrons cuits ». La couleur jaune — ou de maladie de foie — me guette et j'espérais, il y a à peine plus d'un an, échapper, grâce au suicide, à la couleur noire. Mais ainsi les choses se font et se défont : je demeure encastré dans ces Ages de la Vie et j'ai de moins en moins l'espoir d'échapper à leur cadre (au moins de par ma volonté), enchâssé que je suis dans leur boiserie rectangulaire, telle une mauvaise daguerréotypie couverte çà et là de taches de moisissure irisées sur les bords et pareilles aux teintes d'arc-en-ciel que la décomposition peint aux visages des noyés.

SURNATURE

Une des grandes énigmes de mes premières années, en dehors de l'énigme de la naissance, fut le mécanisme de la descente des jouets de Noël à travers la cheminée. J'échafaudais des raisonnements byzantins à propos des jouets trop grands pour pouvoir logiquement passer dans la cheminée, le Père Noël les ayant lâchés d'en haut. A propos d'une réduction de voilier qui m'avait été ainsi donnée et, je l'ai su plus tard, était un cadeau d'un ami de mon frère aîné, je résolus la question en admettant l'hypothèse suivante : puisque Dieu est tout-puissant il crée les jouets à l'endroit même où je les trouve, sans qu'ils aient à passer à travers la cheminée. Cet émerveillement, au spectacle du bateau si grand découvert au bas du conduit proportionnellement si étroit, était un peu de même nature que celui que me causait, chaque fois que je passais par cet endroit, la vue d'un navire en bouteille à la devanture d'une boutique de mon quartier.

Lorsque j'appris que les enfants se formaient dans le ventre et que le mystère de Noël me fut révélé, il me sembla que j'accédais à une sorte de majorité ; cela se confondit pour moi avec la notion d'âge de raison, époque qui — en principe — est celle où l'on reçoit le premier degré d'initiation. Dès que je sus ce qu'était la grossesse, le problème de l'accouchement se posa pour moi d'une manière analogue à celle dont s'était posé le problème de la venue des jouets dans la cheminée : comment peuvent passer les jouets ? comment peuvent sortir les enfants ?

L'INFINI

Je dois mon premier contact précis avec la notion d'infini à une boîte de cacao de marque hollandaise, matière première de mes petits déjeuners. L'un des côtés de cette boîte était orné d'une image représentant une paysanne en coiffe de dentelle qui tenait dans sa main gauche une boîte identique, ornée de la même image, et, rose et fraîche, la montrait en souriant. Je demeurais saisi d'une espèce de vertige en imaginant cette infinie série d'une identique image reproduisant un nombre illimité de fois la même jeune Hollandaise qui, théoriquement rapetissée de plus en plus sans jamais disparaître, me regardait d'un air moqueur et me faisait voir sa propre effigie peinte sur une boîte de cacao identique à celle sur laquelle elle-même était peinte.

Je ne suis pas éloigné de croire qu'il se mêlait à cette première notion de l'infini, acquise vers l'âge de dix ans (?), un élément d'ordre assez trouble : caractère hallucinant et proprement insaisissable de la jeune Hollandaise, répétée à l'infini comme peuvent être indéfiniment multipliées, au moyen des jeux de glace d'un boudoir savamment agencé, les visions libertines.

L'ÂME

Un peu plus tard, alors que j'étais à l'école et possédais déjà quelques notions de cosmographie, j'eus de l'âme la représentation suivante, dont je savais que ce n'était qu'un pur phantasme mais qui n'en était pas moins liée indissolublement à l'idée que je me faisais de cette entité : de part et d'autre traversée par une longue aiguille verticale, une de ces pâtisseries légères et sèches dites « colifichets » qu'on insère entre les barreaux des cages pour servir de nourriture aux petits oiseaux.

Il est plus que probable que cette image m'avait été fournie par l'expérience suivante, décrite dans un livre élémentaire de géographie et que je transcris ici telle que je me la rappelle, sans m'inquiéter de vérifier si je la reproduis exactement ou non ; une masse d'huile étant mise en suspension au sein d'un liquide, on la transperce au moyen d'une aiguille qu'on anime ensuite d'un vif mouvement de rotation ; entraînée par l'aiguille la masse d'huile, d'abord à peu près sphérique, subit l'action de la force centrifuge et s'aplatit légèrement, phénomène grâce auquel nous pouvons concevoir ce qui s'est produit pour la terre, qui n'est pas rigoureusement sphérique mais déformée d'une manière analogue à celle dont se déforme la masse d'huile, par l'effet de sa rotation autour de l'axe des pôles ; si la rotation de l'aiguille devient assez rapide, la déformation s'accentue, puis une partie de la masse se détache et forme anneau, ainsi qu'il est advenu pour Saturne.

Cette identification de l'âme à un colifichet — ou encore à une crêpe de la Chandeleur, traversée de la même manière en son milieu — reposait, je crois bien, sur ma croyance en l'existence substantielle de mon âme, que je ne pouvais m'imaginer que comme un corps solide fait d'une matière peu consistante cependant, et d'une forme assez irrégulière — solide niché peut-être en un repli quelconque de mon crâne mais essentiellement aérien ou sans poids, en rapport avec les oiseaux (colifichet) ou les chauves-souris (crêpe molle et étendue comme des ailes de chauve-souris, et qu'on fait sauter dans la poêle, ce qui reproduit — près du noir du fourneau, de la fumée grasse et de la suie — une sorte de vol malhabile comparable au volettement louche de ces mammifères nocturnes).

LE SUJET ET L'OBJET

Durant mes premières années, je ne m'intéressais guère au monde extérieur, si ce n'est en fonction de mes besoins les plus immédiats, ou de mes peurs.

L'univers était presque tout entier circonscrit en moi, compris entre ces deux pôles de mes préoccupations qu'étaient d'une part ma « lune » (ainsi, en langage enfantin, m'avait-on appris à désigner mon postérieur), d'autre part ma « petite machine » (nom que ma mère donnait à mes parties génitales). Quant à la nature, elle n'était guère que prétextes à méfiance, soit qu'on m'eût mis en garde contre les vipères qui pullulent dans la forêt de Fontainebleau (et surtout, paraît-il, dans les endroits où il y a de la bruyère — à tel point que je m'imaginais que chaque petite fleur mauve de bruyère contenait l'œuf d'une vipère), soit que, m'emmenant jouer au Bois de Boulogne, ma mère m'eût bien recommandé de ne pas écouter ce que pourraient me dire pour essayer de m'entraîner les « mauvaises gens » qui hantaient, selon elle, les abords des fortifications et du champ de courses d'Auteuil, individus mal définis que je pressentais vaguement n'être autres que des satyres. Ils durent jouer le même rôle pour moi que les Bohémiens pour les enfants de la campagne : lutins, faunes, démons de la nature, côté inquiétant des fourmilières et des huttes de charbonniers. Plus tard, je les conçus comme des sortes d'anthropophages, à cause d'un dessin du *Pêle-Mêle* où j'avais vu représentés des sauvages — d'un gris violacé de gangrène — mangeant un explorateur. C'étaient aussi les gens des « faits divers » relatés dans ces journaux dont on me disait que « ce n'était pas pour moi » ainsi qu'on fit par la suite pour les publications grivoises, autre face de ce même monde étrange.

Agé de six ou sept ans, je me promenais un jour avec ma mère ainsi que mes frères et sœur dans un bois de la banlieue parisienne proche de la localité où ma famille, en ce temps-là, allait passer l'été. Nous nous arrêtâmes dans une clairière pour le goûter et, d'une manière absolument inopinée, ce lieu devint le théâtre de ma première érection. L'événement qui avait motivé mon émoi était la vue d'un groupe d'enfants — filles et garçons à peu près de mon âge — grimpant pieds nus à des arbres. J'étais bouleversé, par la pitié me semblait-il, sentiment qu'on m'avait enseigné à éprouver à l'égard des « petits pauvres ». Sur le moment je n'établis aucun rapport direct entre la modification qui affectait mon sexe et le spectacle qui m'était offert ; simplement je constatai une bizarre coïncidence. Beaucoup plus tard, j'ai cru me rappeler la sensation étrange que j'éprouvais alors imaginant ce que devait faire ressentir d'à la fois plaisant et douloureux aux enfants en question le contact de la plante de leurs pieds et de leurs orteils nus avec l'écorce rugueuse. Peut-être l'aspect minable de ces enfants — vêtus de haillons — avait-il une part immédiate à mon trouble, ainsi que la pointe de vertige qu'engendrait l'appréhension de leur chute ?

Quoi qu'il en soit, cette érection brusque, et mystérieuse dans sa cause puisque je n'établissais aucun lien entre la représentation qui l'avait provoquée et le phénomène lui-même, correspondait à une sorte d'irruption de la nature dans mon corps, soudaine entrée en scène du monde extérieur puisque, sans être encore capable de trouver le mot de l'énigme, je notai du moins une coïncidence, impliquant un parallélisme entre deux séries de faits : ce qui se passait dans mon corps, et les événements extérieurs, dont je n'avais jusqu'alors jamais tenu compte en tant que se déroulant dans un milieu réellement séparé.

Je n'attache pas une importance outrancière à ces souvenirs échelonnés sur divers stades de mon enfance, mais il est d'une certaine utilité pour moi de les rassembler ici en cet instant, parce qu'ils sont le cadre — ou des fragments du cadre — dans lequel tout le reste s'est logé. Beaucoup plus décisifs ont été, il me semble, certains faits précis, les uns dont je n'ai jamais méconnu l'influence — ceux qui se rapportent au théâtre et particulièrement à l'Opéra — les autres dont la signification plus secrète ne m'est apparue que fortuitement, à la lumière d'une peinture de Cranach représentant deux figures féminines spécialement attirantes : Lucrèce et Judith.

De ces deux créatures — auxquelles j'ai attaché, arbitrairement peut-être, un sens allégorique — il y a quelques années la vue m'a bouleversé, vers la fin d'une cure psychologique que, malgré ma répugnance pour tout ce qui prétend guérir les maux autres que ceux du corps, ma détresse intérieure m'avait forcé de subir. Et de là m'est venue l'idée d'écrire ces pages, d'abord simple confession basée sur le tableau de Cranach et dont le but était de liquider, en les formulant, un certain nombre de choses dont le poids m'oppressait ; ensuite raccourci de mémoires, vue panoramique de tout un aspect de ma vie.

Je pourrais comparer ce qu'une telle galerie de souvenirs représente à mes yeux à ce qu'était pour moi, avant que j'eusse sept ans, le rosaire qui pendait à la tête de mon lit : le monde abrégé en dizaines (avec un grain plus gros séparant les dizaines et une croix au bout) susceptible d'être tenu dans ma main ; ou encore la nature végétale contenue tout entière (sous forme de pois de senteur, capucines, gueules de loup) dans le bout de jardin qu'à la campagne je m'amusais alors à cultiver ; ou bien encore le signe étrange que je m'émerveillais de découvrir dans la coupe des tiges de fougère et qui me semblait — vrai sceau de Salomon — condenser tout mon univers.

S'il s'agissait d'une pièce de théâtre, d'un de ces drames dont j'ai toujours été si féru, il me semble que le sujet pourrait se résumer ainsi : comment le héros — c'est-à-dire Holopherne — passe tant bien que mal (et plutôt mal que bien) du chaos miraculeux de l'enfance à l'ordre féroce de la virilité.

I

TRAGIQUES

Faust : Méphisto, vois-tu une fille pâle et belle qui demeure seule dans l'éloignement ? Elle se retire languissamment de ce lieu et semble marcher, les fers aux pieds. Je crois m'apercevoir qu'elle ressemble à la bonne Marguerite ?

Méphistophélès : Laisse cela. Personne ne s'en trouve bien. C'est une figure magique, sans vie, une idole. Il n'est pas bon de la rencontrer ; son regard fixe engourdit le sang de l'homme et le change presque en pierre. As-tu déjà entendu parler de la Méduse ?

Faust : Ce sont vraiment les yeux d'un mort, qu'une main chérie n'a point fermés. C'est bien là le sien que Marguerite m'abandonna, c'est bien le corps si doux que je possédai.

Méphistophélès : C'est de la magie, pauvre fou, car chacun croit y retrouver celle qu'il aime.

Faust : Quelles délices... et quelles souffrances. Je ne puis m'arracher à ce regard. Qu'il est singulier, cet unique ruban rouge qui semble parer ce beau cou... Pas plus large que le dos d'un couteau.

Méphistophélès : Fort bien. Je le vois aussi ; elle peut bien poser sa tête sous son bras, car Persée la lui a coupée.

(Goethe, *Faust*,
traduction Gérard de Nerval.)

Une grande partie de mon enfance s'est déroulée sous le signe de spectacles, opéras ou drames lyriques que m'emmenaient voir mes parents, aussi passionnés de théâtre l'un que l'autre, et particulièrement quand s'y mêlait la musique. Fréquemment, ils disposaient d'une avant-scène à l'Opéra, que leur prêtait la principale cliente de mon père, femme riche dont il était chargé de gérer la fortune. De cette avant-scène — la seconde à partir du plateau, sur le côté droit de la salle — j'ai assisté dès ma dixième année (en me penchant beaucoup, car même assis au premier rang de la loge il était difficile de voir plus de la moitié gauche de la scène) à maintes productions du répertoire : *Roméo et Juliette, Faust, Rigoletto, Aïda, Lohengrin, Les Maîtres Chanteurs de Nuremberg, Parsifal, Hamlet, Salomé* ; et c'est peut-être à l'impression que me firent ces spectacles qu'est due cette habitude que j'ai toujours de procéder par allusions, par métaphores ou de me comporter comme si j'étais sur un théâtre.

Sans mesurer ce qu'une telle émotion pouvait avoir de sincère ou de feint, je puis dire que j'ai pleuré à la mort du couple de Vérone, me suis extasié devant les ballerines en maillot, coupes de carton doré, jeux de lumière et autres fastes de la Nuit du Walpurgis (nom qui, par ses deux dernières syllabes, me faisait penser à « orgie ») ; j'ai tremblé quand le bouffon Rigoletto tue par erreur sa fille, vécu les affres de Rhadamès et Aïda voués à l'étouffement dans leur prison souterraine, abandonné le Mont Salvat avec le chevalier au cygne, vidé la coupe de la folie avec Hamlet, ressenti pour la première fois une angoisse dont j'ignorais alors la nature érotique en voyant Salomé se vautrer demi-nue devant la tête d'Yokanaan. *Les Maîtres Chanteurs* m'avaient déçu, car j'attendais une histoire tragique, tuerie noire de

« maîtres chanteurs » pratiquant avant la lettre une espèce de *racketee-ring*, ou bien artistes férocement rivaux les uns des autres et, vers la fin du spectacle, s'entr'égorgeant. En ce qui concerne *Parsifal*, je ne m'intéressais guère aux « filles-fleurs » mais la blessure d'Amfortas — plaie au flanc faite par la lance sacrée après qu'il a rompu son vœu de chasteté — me troublait et ses lamentations me frappaient étrangement.

Au sujet de *Parsifal* surtout, je me posais des questions, sachant qu'il y avait quelque chose à « comprendre », puisqu'on parlait devant moi des gens qui « comprennent » Wagner et de ceux qui ne le « comprennent » pas ; j'entendais dire qu'il fallait être non seulement adulte mais particulièrement doué pour en saisir la signification profonde ; cela devenait pour moi comme le mystère de Noël et le mystère de la naissance, quelque chose dont je ne pouvais pour le moment que pressentir vaguement le sens sans être à même, vu mon impuberté, de le pénétrer réellement.

Bien avant d'être en âge d'aller au théâtre, j'avais écouté les récits que ma sœur — de treize ans mon aînée — me faisait des pièces qu'elle avait vu représenter. Il y avait notamment *Paillasse*, dont le double drame me plongeait dans un abîme de perplexité : le pitre tue sa femme, me racontait ma sœur, et la tue véritablement, devant les spectateurs qui crient bravo, enthousiasmés par le réalisme du jeu des acteurs mais persuadés que ce n'est qu'un faux-semblant, alors que ce meurtre est bel et bien véridique, ce dont ils ne s'aperçoivent qu'après. Je ne saisissais pas que la représentation d'un drame était enchâssée dans la pièce et que ces spectateurs enthousiastes, applaudissant à l'assassinat qui se déroule sous leurs yeux, n'étaient pas les spectateurs réels —

ceux qui se trouvaient dans la salle et dont ma sœur avait fait partie — mais des spectateurs figurés, inclus eux-mêmes dans le spectacle. Je croyais donc que, chaque fois qu'on jouait *Paillasse*, le principal protagoniste poignardait effectivement sa partenaire et, sans mettre le moins du monde en doute l'authenticité d'un tel usage, je me demandais comment il se faisait qu'une chose aussi énorme fût possible. Je m'en tirais en établissant une analogie entre ce fait et les duels sous Louis XIII (que je prenais alors pour des spectacles purement sportifs en dépit de leurs conséquences mortelles) et les combats de gladiateurs ou martyres de chrétiens dans le cirque, dont j'avais entendu également parler.

La première fois qu'on me conduisit au théâtre, c'était à la petite salle du Musée Grévin, où s'exhibait, je crois, un prestidigitateur. Absorbé par le spectacle, je négligeai de demander à ma mère de me faire sortir en temps opportun et m'oubliai dans ma culotte. L'odeur, et la rougeur intense qui monta à mes joues, révélèrent la honte de mon méfait. Autant que je connais ma mère, elle ne me gronda pas bien fort, mais je fus très mortifié quand elle m'emporta, baignant dans ma puanteur.

Une autre fois nous allâmes au Châtelet, voir *Le Tour du monde en 80 jours*. J'écoutai la pièce assez sagement et c'est à peine si les serpents — dont je me demandais pourtant s'ils n'étaient pas vivants — me firent peur, ainsi que la détonation qui accompagne l'explosion des chaudières du steamer *Henrietta* ; mais revenant en bateau-mouche avec ma mère et mes frères, je fus pris d'un accès de panique, certain que le bateau allait sauter et couler tout comme le vapeur, de sorte que je me mis à pleurer et hurler : « Je ne veux pas que ça saute... Je ne veux pas que ça saute... » et qu'on eut beaucoup de peine à me calmer. Encore maintenant, je serais parfois tenté de pousser semblables cris pour tenter d'entraver la marche des éléments : « Je ne veux pas qu'il y ait la guerre ! » dirais-je ; mais, pas plus qu'autrefois, les éléments ne semblent disposés à m'obéir.

A l'époque où l'on m'emmena à l'Opéra, j'étais déjà trop grand pour accorder aux événements de la scène la même créance qu'aux événements réels — ou pour déduire inversement la marche des événements réels de ce que j'avais vu sur la scène — mais j'avais encore une notion si l'on veut *magique* du théâtre, conçu comme un monde à part, distinct de la réalité certes, mais où toutes choses, mystérieusement agencées dans l'espace qui commence au-delà des feux de la rampe, sont transposées sur le plan du sublime et se meuvent dans un domaine à tel point supérieur à celui de la réalité courante qu'on doit envisager le drame qui s'y noue et s'y dénoue comme une espèce d'oracle ou de modèle. L'Opéra m'apparaissant comme l'apanage des adultes, et le théâtre noble entre tous, à cause du caractère de gravité tragique de ce qu'on y représentait, de la solennité du monument et de l'apparat avec lequel on s'y rendait, le fait d'y être conduit prenait pour moi figure d'initiation et je jouissais du privilège d'être introduit dans un milieu tenu pour au-dessus de mon âge. Je savais aussi qu'il y avait des abonnés qui avaient droit au foyer et que nombre de ces abonnés avaient pour « maîtresses » (mot que j'ai toujours abhorré parce qu'il me fait penser à « maîtresse d'école ») des danseuses.

Les spectacles qu'on m'emmenait voir à l'Opéra, par excellence théâtre des grandes personnes, me semblaient naturellement le reflet même de la vie de ces dernières — ou tout au moins de celles d'entre elles qui étaient les plus belles et les plus privilégiées

— mode d'existence prestigieux auquel, avec une certaine crainte, mais des profondeurs les plus lointaines de mon être, j'aspirais. Aussi, dès cette époque eus-je un goût très prononcé pour le tragique, les amours malheureuses, tout ce qui finit d'une manière lamentable, dans la tristesse ou dans le sang. Calquant ma représentation de la vie sur ce que je voyais à l'Opéra et me préoccupant avant tout de l'amour (auquel je croyais qu'il n'était pas même besoin d'être adulte pour avoir accès) il m'était impossible de concevoir une vraie passion autrement que comme quelque chose qui engage pour la vie et la mort, et qui finit forcément mal, car si cela finissait bien cela ne serait plus l'Amour, beau comme le lever d'un rideau de théâtre quand on sait pertinemment qu'il retombera au bout du compte, lustres éteints et housses tirées sur les fauteuils.

L'annonce d'une représentation à laquelle on me mènerait me jetait dans la fièvre ; d'avance je supputais tout ce qui se passerait ; j'apprenais par cœur les noms des chanteurs ; je ne dormais pas la nuit d'avant, je bouillais d'impatience pendant toute la journée, mais peu à peu, à mesure que l'heure approchait, je sentais une pointe d'amertume se mêler à ma joie et, sitôt le rideau levé, une grande partie de mon plaisir tombait, car je prévoyais que dans peu de temps la pièce serait terminée et la considérais en somme comme virtuellement finie du fait qu'elle avait commencé. Il en est de même aujourd'hui pour toutes mes joies car je pense aussitôt à la mort, et je ne puis me rappeler ces tristesses enfantines durant les pièces de théâtre sans être obligé de refouler une envie de pleurer.

Je plaçais l'Opéra au-dessus de tous les autres théâtres, même de l'Opéra-Comique, où j'avais pourtant vu deux spectacles qui m'avaient vivement frappé : *Le Vaisseau fantôme* et *Les Contes d'Hoffmann*. Je reviendrai, à propos du *Vaisseau fantôme*, sur l'impression que m'avait faite le « Hollandais volant », personnage romantique entre tous, sorte de Juif errant des mers que poursuit sans trêve un châtiment. Tout ce que je dirai pour le moment de ce drame, c'est que, nous trouvant seuls à la maison, mes frères et moi nous nous amusâmes un jour à le jouer, dans l'antichambre de l'appartement (baptisée pour la circonstance « Théâtre Paris-Lyrique »), avec des décors et des costumes improvisés ; étant le plus jeune, j'étais chargé du seul rôle féminin, celui de Senta la fille du pêcheur ; mon frère aîné faisait le Hollandais, et l'un de ses amis — celui qui m'avait donné le voilier — le vieux Daland père de Senta. Mon rôle me plaisait, de même que tous les rôles de « souffre-douleur » qui m'étaient invariablement dévolus dans mes jeux avec mes frères ; ainsi, à cette campagne où j'eus la révélation de ma virilité dans une clairière, jouant aux Peaux-Rouges c'était toujours moi qui faisais le prisonnier, celui qu'on liait au poteau de torture, qu'on faisait mine de scalper et qu'effectivement on terrifiait.

A ce côté « souffre-douleur » qui est un des traits profonds de mon caractère se rattache le souvenir suivant qui est encore un souvenir de théâtre : les affiches horrifiantes de *Bagnes d'enfants,* pièce réaliste sur les maisons de correction qui fut jouée à l'Ambigu quelques années avant la guerre. Sur l'affiche étaient peints des adolescents au visage décharné et livide, chaussés de sabots, coiffés de bérets bleus, et leur brute géante de surveillant, avec un gros ventre, de fortes moustaches et des yeux furibonds. Ce souvenir est sans doute le premier où figurent la haine et le dégoût profonds que j'ai pour la police (physiquement : brutes grossières, sentant la sueur, le derrière brumeux et le prépuce mal lavé, — bien plus sales que des ouvriers qui eux, du moins, ne traînent pas ces relents de chambrée), parallèlement à la crainte instinctive que m'inspire la « pègre », crainte très ambiguë, mêlée d'une certaine attirance, tel le double sentiment que j'éprouvais en regardant les jeunes prisonniers de l'affiche : répugnance insurmontable, d'une part, pour leurs visages de pâles voyous ; pitié et sympathie, d'autre part, en raison de leur malheur et du fait que je m'imaginais immédiatement être des leurs, ainsi que le héros de la pièce, garçon de bonne famille que son père met — à propos d'une vétille — dans ce bagne d'enfants et qui finit par se pendre.

En ce qui concerne *Les Contes d'Hoffmann*, j'étais séduit par le fait qu'il y avait dans l'affabulation quelque chose à « comprendre », à saisir, un peu comme dans *Parsifal*. Trois héroïnes — l'automate Olympia, la courtisane Giulietta, la chanteuse Antonia — sont présentées en trois histoires indépendantes, qui constituent chacune un acte ; à la fin, on découvre que ces trois créatures, nées de l'imagination d'Hoffmann qui, sous l'empire de l'ivresse, a rêvé ces trois contes, ne sont que trois images d'une même femme : la coquette Stella, dont Hoffmann est vainement amoureux. Peu avant la chute du rideau, un tonneau s'illumine et l'on y voit apparaître la Muse qui, par de douces paroles, console Hoffmann endormi le front sur la table. Cette triple incarnation, sous des aspects divers, d'une femme — dans ces trois cas aussi bien que dans la réalité — insaisissable dut être l'un des premiers moules dans lesquels s'élabora ma notion de la Femme Fatale. Automate qui se brise, courtisane qui trahit, chanteuse qui meurt phtisique, tels sont les avatars par lesquels passe la dédaigneuse dans la rêverie d'Hoffmann, formes changeantes comme la Méduse en qui chacun croit reconnaître celle qu'il aime.

Cela, bien entendu, je ne le percevais que très confusément. J'arrive à le reconstituer ici d'après mes souvenirs, y joignant l'observation de ce que je suis devenu depuis lors et comparant entre eux les éléments anciens ou récents que me fournit ma mémoire. Une telle façon de procéder est peut-être hasardeuse, car qui me dit que je ne donne pas à ces souvenirs un sens qu'ils n'ont pas eu, les chargeant après coup d'une valeur émotive dont furent dépourvus les événements réels auxquels ils se réfèrent, bref, ressuscitant ce passé d'une manière tendancieuse ?

Je me heurte ici à l'écueil auquel se heurtent fatalement les faiseurs de confessions et de mémoires et cela constitue un danger dont, si je veux être objectif, il me faut tenir compte. Je me bornerai donc à affirmer que je voyais tout comme au théâtre, à la lueur des spectacles qu'on me menait voir ; toutes choses m'apparaissant sous un angle tragique, de cette lumière sanglante fut à tel point coloré ce qui germa dans mon cœur et ma tête à ce moment, que même encore maintenant il ne m'est pas possible d'aimer une femme sans me demander, par exemple, dans quel drame je serais capable de me lancer pour elle, quel supplice je pourrais endurer, broyage des os ou déchirement des chairs, noyade ou combustion à petit feu — question à laquelle je me réponds toujours avec une conscience si précise de ma terreur à l'endroit de la souffrance physique, que je ne puis jamais m'en tirer qu'écrasé par la honte, sentant tout mon être pourri par cette incurable lâcheté.

De telles pensées me reviennent aujourd'hui avec l'image de la Méduse, grandiose figure qui illumine de sa tête anonyme dominant un cou coupé le premier *Faust* de Gœthe, ce Faust que j'ai connu d'abord tel que les librettistes de Gounod le portèrent à la scène, et au troisième acte duquel celui-qui-a-signé-un-pacte-avec-le-diable voit se dresser devant ses yeux, autour du cou un ruban rouge « étroit comme un tranchant de hache », le spectre de Marguerite, spectre que chaque fois que j'assistai à *Faust* je fus navré de ne pas même apercevoir, quels que fussent mes efforts et si éperdument que je me penchasse par-dessus le rebord pelucheux de la loge, car il ne se manifestait que très fuligineux et sur le côté droit de la scène.

Mais d'autres images symboliques de la Femme m'ont de bonne heure sollicité, aussi diverses que les avatars de la Stella des *Contes d'Hoffmann*, fascinantes comme la Méduse, et fuligineuses comme elle.

Parmi les plus récentes, je citerai Anne Boleyn, sur qui j'ai entendu vers la Noël dernière, à Londres, une curieuse chanson : sur un air genre complainte, à orchestration volontairement lugubre, on chante les malheurs de la décapitée qui se promène dans la Tour et sans doute aussi dans les rues, sa tête coupée sous le bras, vagabondage qui finit par un vulgaire rhume de cerveau. A Anne Boleyn ainsi qu'à Judith se rattache, à cause de ses lèvres minces, de ses yeux aigus et de sa mise surannée de serveuse, une fille de salle vue à la même époque au restaurant du Cumberland Hôtel.

Parmi les plus anciennes, il y a sainte Geneviève, Jeanne d'Arc, Marie-Antoinette, à l'époque où je confondais encore l'histoire de France avec le Devoir et ne concevais pas qu'il pût exister de figures féminines plus attachantes que celles de ses héroïnes.

II

ANTIQUITÉS

Dans une maison de rendez-vous ou boîte de nuit qui ressemble au Zelli's (dancing montmartrois que je fréquentais alors assidûment) je me trouve en présence de femmes qui sont là, non pour faire l'amour, mais pour prédire l'avenir. Elles sont habillées comme le sont d'ordinaire les femmes de bordel. Je me laisse entraîner par quelques-unes d'entre elles qui veulent me dire la bonne aventure. Pour cela, elles évoquent leur double astral qui seul est véritablement voyant. Après diverses incantations accompagnées de combustions de certaines matières, de danses, de cris, etc. les voyantes astrales et véritables apparaissent. Ce sont des femmes très belles de corps, vêtues de chemises de lin blanc sur lesquelles flottent leurs cheveux blonds défaits. Elles ont la peau très douce et les yeux égarés. Mais, à la place de leur nez, l'on ne voit que deux petites fentes rappelant de très loin les narines et, à la place de leur bouche, un petit frottis de sang. Ce dernier détail prouve qu'elles sont des vampires.

(Rêve fait en juillet 1925.)

J'ai toujours été séduit par les *allégories*, leçons par l'image en même temps qu'énigmes à résoudre, et souvent attirantes figures féminines fortes de leur propre beauté et de tout ce qu'un symbole, par définition, a de trouble. De très bonne heure, ma sœur m'avait initié à certaines de ces représentations mythologiques — telle la Vérité, sortant nue de son puits, un miroir à la main, et le Mensonge, femme au charmant sourire et somptueusement parée. J'étais si fasciné par cette dernière apparition, qu'il m'arriva une fois de dire, parlant avec ma sœur d'une femme dont je ne sais plus si c'était quelqu'un de réel ou l'héroïne d'un conte : « Elle est belle comme le Mensonge ! »

Il n'y avait cependant pas que de gracieuses allégories, déesses court vêtues ou richement harnachées, semblables à des nymphes ou à des fées ; il y en avait d'abstraites et de sévères (telle la fable du paon Illusion et de la tortue Expérience, lue dans les *Belles Images*, conte où l'on voit un jeune prince qui chemine dans la vie accompagné d'un paon dont les plumes peu à peu se flétrissent et d'une tortue qui, inversement, devient de plus en plus grosse tandis que sa carapace s'incruste de multiples pierreries), voire de sinistres (telle l'histoire de Misère, légende donnée pour russe et lue dans un illustré du même genre ; il y est question de Misère, vieille petite femme toute mince et rabougrie qu'un paysan las de crever de faim fourre dans un os vide de sa moelle et jette dans un étang ; je ne sais plus comment un seigneur repêche l'os, ou simplement retrouve la vieille et l'introduit chez lui, faisant entrer ainsi tout le malheur dans sa maison).

Quoi qu'il en soit, quand je disais « allégorie » c'était assez pour tout transfigurer : quelle que fût la nature du contenu exprimé (gai ou triste, rassurant ou effrayant), quel que fût l'aspect même de l'image empruntée, le simple fait qu'il y eût allégorie était là pour tout arranger ; je ne voyais jamais qu'une jolie statue, ainsi qu'il y en a dans les squares, portrait d'une déesse aguichante comme le Mensonge ou claire comme la Vérité. Pour une très large part, le goût que j'ai de l'hermétisme procède du même mouvement que cet amour ancien pour les « allégories », et je suis convaincu qu'il faut rapprocher également de ce dernier l'habitude que j'ai de penser par formules, analogies, images — technique mentale dont, que je le veuille ou non, le présent écrit n'est qu'une application.

Dans le *Nouveau Larousse Illustré*, cette bible de l'adolescence que — depuis l'âge de raison jusqu'à la puberté — on feuillette fiévreusement dans l'espoir d'y trouver la réponse à une foule de questions que la curiosité sexuelle suggère, dans le dictionnaire Larousse, où figurent également, sous forme de gravures, beaucoup de nudités allégoriques plus ou moins alléchantes, on peut lire à l'article CRANACH (Lucas) dit l'ANCIEN (1472-1553) l'appréciation suivante :

« Cranach ressemble à Dürer par sa libre intelligence de la nature, et sa manière fine et légère d'appliquer le coloris, tout en obtenant des tons vigoureux ; mais il s'en distingue par une sérénité naïve et enfantine, aussi bien que par une grâce suave et presque timide. Il brille surtout dans les visages de femmes. Les *nus* de ses corps de femmes, les Eve, les Lucrèce, sont des morceaux fort délicats. Enfin, il a trouvé dans le monde fantastique les sujets de plusieurs chefs-d'œuvre. »

Lorsque au début de l'automne 1930 — cherchant une photographie de décollation de saint Jean-Baptiste pour le compte d'un magazine d'art auquel je collaborais — je tombai par hasard sur la reproduction d'une œuvre (d'ailleurs très connue) de Cranach qui se trouve à la Galerie de Peinture de Dresde, *Lucrèce* et *Judith* nues disposées en pendants, ce furent bien moins les qualités « fines et légères » du peintre qui me frappèrent, que l'érotisme — pour moi tout à fait extraordinaire — dont sont nimbées les deux figures. La beauté du ou des modèles, les deux nus, traités en effet avec une délicatesse extrême, le caractère antique des deux scènes, et surtout leur côté profondément cruel (plus net encore du fait de leur rapprochement) tout concourt, à mes yeux, à rendre ce tableau très particulièrement suggestif, le type même de la peinture à se « pâmer » devant.

De ma mémoire montent divers faits qui illustrent ceci, comme les photos de monuments, bustes, mosaïques et bas-reliefs ornant le livre d'histoire ancienne qui était mon préféré, parmi tous les manuels où j'étudiais quand je faisais ma sixième.

FEMMES ANTIQUES

Depuis longtemps, je confère à ce qui est *antique* un caractère franchement voluptueux. Les constructions de marbre m'attirent par leur température glaciale et leur rigidité. Il arrive que je m'imagine allongé sur des dalles (dont je sens le froid sur ma peau) ou debout contre une colonne à laquelle est collé mon torse. Parfois, je formulerais volontiers mon désir en disant que je veux « une croupe froide et dure comme un édifice romain ». La solennité de l'antique me séduit et aussi son côté salle de bains. Je pense au genre Messaline, aux matrones dévergondées. L'idée de Rome, avec ses festins, ses combats de gladiateurs et les autres atrocités du cirque m'exalte charnellement. Elle est aussi l'image de la force. En ce qui concerne l'antiquité biblique, je ne songe jamais sans émotion à Sodome et Gomorrhe, villes foudroyées, ensevelies sous la mer Morte si chargée de bitume qu'on ne peut presque s'y noyer et que, lorsque l'empereur Titus y fit jeter des esclaves enchaînés, ceux-ci flottèrent à la surface, dit-on.

Un des mots auxquels j'ai accordé le plus tôt une valeur érotique, c'est le mot *courtisane*, que je prenais dans le sens de féminin de « courtisan » bien que je sentisse qu'il y avait là quelque chose de spécial et, pour moi, d'assez mystérieux. Or, une courtisane, je ne la voyais qu'en peplum et cela voulait toujours dire une courtisane antique.

Vers l'âge de onze ou douze ans, lorsque à la lueur de la veilleuse (dont je perçois encore la teinte cuivrée, l'humidité grasse et l'odeur de pétrole) je me livrais dans mon lit au plaisir solitaire, j'accomplissais un lent cérémonial qui consistait à faire glisser ma chemise de nuit le long de mes épaules afin de me dégager le buste et de ne plus avoir d'étoffe que ceignant mes reins comme un pagne. Je m'imaginais alors — comme si j'étais parvenu à m'identifier à l'objet inventé et désiré — être une « courtisane », une de ces personnes un peu en marge sans doute, bien qu'elles eussent à coup sûr quelque chose de royal, et dont je fus longtemps avant de découvrir quelle était exactement la position sociale.

Il y a très peu de temps, le souvenir m'est revenu d'une gravure pour *Le Mariage de Roland* vue dans l'édition illustrée de *La Légende des Siècles* que possédait mon père. Aucune femme n'y était figurée mais seulement Roland et Olivier combattant, casqués, torse nu, bouclier contre bouclier.

Idée des bustes en sueur, contre le fer des armes et des cuirasses, exhalant la même odeur qu'un sou de bronze tenu longtemps dans la main moite (je ne sais pourquoi, j'adorais cette odeur). Peau humide et chaude, par-dessus muscles durs, contre cuirasse elle aussi chaude et moite. Sous les coups de sabre, par lambeaux, les cuirasses s'arrachent ; l'un des guerriers a perdu son éperon. Aucune idée de blessure, seulement le métal arraché, l'odeur du bronze mouillé de sueur. A la cantonade, « la belle Aude au bras blanc », aux deux beaux bras blancs sortant de sa tunique pareille à une chemise de nuit lourde, vraisemblablement de velours, avec une agrafe d'or sur chaque épaule. Longue et épaisse tunique sans doute de velours rouge ; bras très blancs, tout nus jusqu'aux épaules, et cheveux noirs avec diadème étroit, mince bande d'or serrant le front ; les pieds nus dans des sandales de cuir épais ; très cantatrice de l'Opéra, à longue tunique vague pour masquer la taille opulente. Les sous de bronze, l'armure de bronze, la main moite comme sur une virilité dressée ; la chaleur des étuves, les peaux emperlées de gouttelettes, les volutes de vapeur, tout ce qui se passe dans les bains romains.

En 1927, au cours d'un voyage en Grèce, me trouvant à Olympie, je ne pus résister au désir d'offrir une libation d'un certain ordre aux ruines du temple de Zeus. Je me rappelle qu'il faisait un beau soleil, qu'on entendait beaucoup de bruits d'insectes, que cela sentait le pin et je vois encore l'offrande intime couler sur la tendre pierre grise. J'avais nettement l'idée — pas littéraire du tout, mais vraiment spontanée — qu'il s'agissait d'un *sacrifice*, avec tout ce que ce mot « sacrifice » comporte de mystique et de grisant.

Dans un passé plus lointain, je trouve un autre exemple d'une telle pratique accomplie avec une intention sacrificielle. Vers l'âge de la puberté, un de mes camarades et moi avions institué un culte en l'honneur de cette trinité païenne de notre invention : BAÏR, CASTLES, CAUDA. Le culte était célébré dans ma chambre, et sur le marbre de la cheminée, qui servait d'autel, étaient disposées la bière que nous buvions en l'honneur de Baïr, dieu de l'alcool, et les cigarettes « Three Castles » que nous fumions en l'honneur de Castles, dieu du tabac. Seul le dieu Cauda, frappé d'un tabou, n'était pas représenté. Mon ami et moi ne commettions ensemble rien de répréhensible en l'honneur de cette dernière divinité ; c'était seulement chacun chez soi, et isolé, que nous lui sacrifiions.

Peut-être ces pratiques étaient-elles un peu teintées de littérature (goût de la mythologie — qui m'avait fait établir, peu d'années auparavant, des tableaux de concordance entre panthéons grec, latin, germanique —, histoires genre orgie romaine à vomitoire ou banquets à la Lord Byron où l'on boit du punch dans des crânes). Mais ce qui l'est certainement beaucoup moins, c'est le fait qu'au cours d'une de ces cérémonies rituelles nous nous amusâmes un jour à terroriser ma petite nièce — alors à peine fillette — en faisant d'abord l'obscurité complète dans la pièce, nous introduisant ensuite des allumettes éteintes, mais encore incandescentes, dans la bouche, et nous identifiant ainsi parés à des divinités terribles de l'espèce de Moloch. Là, nous nous révélions enfantinement sadiques, en même temps que nous faisions obscurément coïncider l'érotisme et la peur, coïncidence par laquelle ma vie sexuelle a sans nul doute été dominée, du plus loin qu'il m'en souvienne.

En remontant très haut dans mon passé, jusqu'à deux ou trois ans avant que j'eusse atteint l'âge de raison, je retrouve la conception d'une trinité comparable à celle de Baïr, Castles et Cauda, en ce qu'elle dénotait déjà chez moi le même ordre de préoccupations si l'on veut « théologiques ». Je disais alors fréquemment à ma sœur aînée — la mère de la fillette en question — que je ne me marierais jamais et que nous vivrions ensemble, habitant une maison garnie rien que de meubles de bois blanc et ornée de ces trois seules images : la Sainte Vierge, Jeanne d'Arc et Vercingétorix, — espèce de trinité dans laquelle la Vierge et Vercingétorix devaient être plus ou moins en ménage et Jeanne d'Arc représenter, peut-être, leur produit hermaphrodite, vierge guerrière participant des deux et que je serais tenté, pour un peu, de regarder comme préfigurant, grâce à cette double qualité d'être chaste et d'être meurtrière, ces deux images de femmes sanglantes qui sont aujourd'hui dressées dans mon esprit : Lucrèce la froide et Judith la manieuse d'épée. Le mobilier réduit à sa plus simple expression — net et sobre — annonce déjà le goût que j'ai pour la dureté, en d'autres termes ma hantise du *châtiment*, fantôme qui m'apparut, dans un cauchemar fait vers la même époque, sous cette forme symbolique : un nuage d'orage ayant l'aspect d'un juge en robe et toque. Noires défroques à ranger non loin du revolver à barillet que possédait mon père, arme américaine qui elle aussi représentait la loi, au même titre que le bâton de policeman pendu au mur de la salle à manger en souvenir de mon grand-père qui l'avait reçu en don des autorités londoniennes, lors d'un séjour en Angleterre.

LUPANARS ET MUSÉES

Vers la fin de 1927 ou le début de 1928, au retour de ce voyage en Grèce, je fis le rêve suivant :

Je suis couché avec *** nue, étendue sur le ventre. J'admire son dos, ses fesses et ses jambes, tous merveilleusement polis et blancs. En embrassant la raie médiane je dis : « La guerre de Troie. » A mon réveil, je pense au mot DÉTROIT, qui sans nul doute explique tout (détroit = ravin des fesses).

Cette phrase « la guerre de Troie » sent à plein nez l'archéologie et le musée. Et, de fait, le musée est un ressort presque aussi puissant que l'antiquité pour ma délectation. Dans un musée de sculpture ou de peinture, il me semble toujours que certains recoins perdus doivent être le théâtre de lubricités cachées. Il serait bien aussi de surprendre une belle étrangère à face-à-main, qu'on aperçoit de dos contemplant quelque chef-d'œuvre, et de la posséder ; elle resterait, apparemment, aussi impassible qu'une dévote à l'église ou que la goule professionnelle qui, après avoir consciencieusement fait le travail pour lequel vous l'avez payée, se penche sur la blancheur de la toilette afin de libérer sa bouche souillée, puis se brosse vigoureusement les dents et crache encore, avec un bruit mou qui tout ensemble vous fait défaillir et vous fait froid au cœur.

Rien ne me paraît ressembler autant à un bordel qu'un musée. On y trouve le même côté louche et le même côté pétrifié. Dans l'un, les Vénus, les Judith, les Suzanne, les Junon, les Lucrèce, les Salomé et autres héroïnes, en belles images figées ; dans l'autre, des femmes vivantes, vêtues de leurs parures traditionnelles, avec leurs gestes, leurs locutions, leurs usages tout à fait stéréotypés. Dans l'un et l'autre endroit on est, d'une certaine manière, sous le signe de l'archéologie ; et si j'ai aimé longtemps le bordel c'est parce qu'il participe lui aussi de l'antiquité, en raison de son côté marché d'esclaves, prostitution rituelle.

J'en ai eu la révélation vers ma douzième année.

Celui de mes deux frères avec lequel j'étais le plus ami me raconta un jour comment notre aîné — alors élève à l'École des Arts décoratifs — était allé, emmené par un camarade, dans un endroit nommé *portel*, sorte d'hôtel où, me disait mon frère, « on peut louer une femme et lui faire tout ce qu'il vous plaît ». Le mot « portel », que j'avais dû forger moi-même en déformant le terme originel, évoquait en moi l'idée de porte et celle d'hôtel, dont il est comme la contraction ; et, de fait, ce qui me paraît aujourd'hui encore le plus émouvant quand on va au bordel, c'est l'acte de franchir le seuil, comme on lancerait les dés ou passerait le Rubicon. A cette époque, ce qui me paraissait à peine croyable dans une telle institution, c'était qu'il y eût *location* : louer une femme comme on loue une chambre d'hôtel. Il me semble qu'*acheter* au lieu de *louer* une femme m'aurait paru beaucoup moins surprenant ; peut-être étais-je déjà familiarisé avec cette idée d'achat par l'expression « acheter un enfant » dont je soupçonnais alors les dessous érotiques ? Mais le fait qu'on pût louer une femme pour lui faire « tout ce qu'on voulait », cela me paraissait ne pouvoir se passer que dans un autre monde.

Actuellement, ce qui me frappe le plus dans la prostitution, c'est son caractère religieux : cérémonial du raccrochage ou de la réception, fixité du décor, déshabillage méthodique, offrande du présent, rite des ablutions, et le langage conventionnel des prostituées, paroles machinales, prononcées dans un but si consacré par l'habitude qu'on ne peut même plus le qualifier de « calculé », et qui ont l'air de tomber de l'éternité ; cela m'émeut autant que les rites nuptiaux de certains folklores, sans doute parce que s'y trouve le même élément ancestral et primitif.

Tout cela doit être lié, au moins dans une faible mesure, à l'influence qu'ont eue sur moi certaines lectures édifiantes.

Les livres illustrés qu'étant adolescent je prenais subrepticement dans la bibliothèque de mon père, à des fins inavouables, étaient ordinairement des livres qui traitaient de sujets antiques, tels *Aphrodite* de Pierre Louÿs, *Thaïs* d'Anatole France. La lecture de *Quo Vadis* d'Henri Sienckiewicz m'avait aussi beaucoup frappé, notamment le passage où une orgie néronienne est décrite.

Je me rappelle également une gravure en couleurs illustrant un livre de *Contes* de Jean Richepin. On y voyait une magicienne nue, à la peau blanche, aux cheveux noirs, au visage dur, aux fortes hanches et aux belles cuisses, debout auprès d'un canapé de viandes crues et sanguinolentes sur lequel elle devait se coucher — ou faire coucher quelqu'un — en vue d'une opération de nécromancie. Peut-être dois-je voir dans cette image l'origine de cette idée que j'ai, comme quoi prostitution et prophétie sont proches parentes ? (J'aime d'une prostituée qu'elle soit superstitieuse ; la vue d'une fille haut troussée, la poitrine débordante et le visage dégoulinant de fard, en train de se tirer les cartes sur un coin de table graisseux, me plaît toujours ; j'aimerais aller au mauvais lieu comme chez la voyante, pensant peut-être au destin sous forme de la syphilis ou d'une blennorragie). Peut-être dois-je en déduire simplement que, pour moi, l'idée d'*antiquité* est liée à celle de *nudité*, pour peu que soit mêlée à cette dernière une certaine cruauté ?

Si divers soient les rapports qu'il me permettrait d'établir, le rêve de la « guerre de Troie », en raison de ce qu'il comporte d'archaïque au moins autant que par son côté immédiatement sensuel, me paraît être l'image même du lieu de prostitution — du lieu de dépouillement sacré — dans toute sa solennité. Il s'y mêle aussi un élément épique (puisque l'idée d'une « guerre » s'y trouve évoquée) et je me demande s'il n'exprime pas par là le caractère de violence sanglante que je ne puis m'empêcher de prêter à la joute des sexes, comme au temps éloigné où je m'imaginais que les enfants s'engendrent, non par le sexe de la mère, mais par son ombilic — cet ombilic dont j'avais été si étonné d'apprendre (à une époque bien plus lointaine encore) qu'il est, en somme, une cicatrice.

Si l'antiquité est par excellence l'époque où l'on n'avait pas de vêtement, elle est aussi, sous un autre aspect, celle des femmes à longues robes ou simarres, telles Lucrèce et Judith qui, lorsqu'elles ne sont pas nues, sont enveloppées de grandes chemises de nuit.

La chambre où nous couchions l'un de mes frères et moi était séparée de la chambre parentale par un bout de couloir qui passait devant un cabinet noir contenant des défroques et des malles. Chaque fois que je passais devant ce réduit j'avais peur — une bête surgie de l'obscurité ? au fond, tout au fond, n'y a-t-il pas deux yeux de loup qui brillent ? — et c'était là qu'on menaçait de m'enfermer quand je n'étais pas sage. Lorsque mes parents étaient couchés, je les entendais chuchoter dans leur chambre, au lit et aux meubles couverts de drap bleu de soldat. Ils ne fermaient pas toujours les portes de communication, les rouvrant en tout cas avant de se mettre au lit, afin de mieux savoir comment nous dormions ; j'apercevais parfois ma mère au moment où elle s'apprêtait pour la nuit et, autant que je le pouvais, je la regardais se déshabiller ; je me rappelle qu'un soir je me suis ainsi hypocritement débauché, en observant sa poitrine découverte.

Quand je pense à ma mère, l'image d'elle qui me vient le plus fréquemment, c'est telle que je la voyais alors, en chemise de nuit — une longue chemise de nuit blanche — et natte dans le dos. Ainsi m'apparaissait-elle en effet quand j'étais malade du « faux croup », affection à laquelle j'étais alors sujet.

Au milieu de la nuit, soudain, je m'éveillais, la poitrine ravagée par une toux violente qui déchirait ma gorge et ma trachée, semblant s'enfoncer de plus en plus profondément en moi, comme un coin ou une cognée. Cela me faisait mal, mais j'y trouvais aussi un certain plaisir, épiant cette toux qui, à chaque accès, devenait plus profonde et me vibrait presque jusqu'aux entrailles. Je savais également ce qui suivrait, l'inquiétude et la pitié que ma mère manifesterait, les soins qu'on me dispenserait, et j'étais confusément heureux que quelque chose me rendît intéressant. Depuis, j'ai souvent été content d'être malade, à condition que cela ne soit pas douloureux, appréciant beaucoup le sentiment d'irresponsabilité — et par suite de liberté totale — que donne la maladie, les attentions qu'on vous prodigue, et aussi la fièvre elle-même quand on l'a, avec la sensibilité d'épiderme qu'elle entraîne, état de tension et de fleur de peau nettement euphorique.

On m'emmenait dans la salle à manger et ma mère m'asseyait sur ses genoux, à côté de la salamandre qu'on appelait la « Radieuse », du nom de sa marque de fabrique. Toujours craquetante de l'ardeur du charbon, la « Radieuse » était flanquée de deux longs réservoirs d'eau, qui pouvaient bien contenir chacun une dizaine de litres dont l'évaporation, sous l'influence de la chaleur, palliait la dessiccation de l'atmosphère ; la figure de femme qui était au centre — classique effigie du genre République — justifiait ce nom féminin de « Radieuse » et faisait de l'engin une personnification du foyer domestique. Je me souviens d'un accident dont la salle à manger fut un jour le théâtre et Elle le principal personnage. Mon frère et moi avions voulu la remplir d'eau, mais, au lieu de verser le liquide dans l'un ou l'autre des réservoirs, nous l'avions versé au milieu, là où l'on met le charbon. Naturellement, le bouillonnement fut intense ; la vapeur siffla et maints charbons incandescents, projetés violemment hors de la gueule de la « Radieuse », allèrent brûler le plancher. Nous fûmes ravis et apeurés. A dater de ce moment je crus comprendre mieux la vie, si mystérieuse jusqu'alors, des volcans ; proches de la mer, ils rejettent le bouillonnement produit par le feu central inondé sous l'influence des infiltrations et la coulée des laves ronge la terre comme la pluie de braise avait rongé les lattes du plancher. Une autre fois, l'engin de fonte fut déplacé parce qu'il y avait les ramoneurs. Je me rappelle avec assez de précision l'aspect du petit garçon tout charbonneux qui devait grimper dans la cheminée, et les appels échangés à travers ce terrible tuyau acoustique qui perforait la maison du haut en bas, tunnel vertigineux où pouvait se passer Dieu sait quoi ? tout autant que dans un vrai tunnel ou la gueule d'un volcan. Et ce trafic se confondait avec l'énigme de Noël, qui avait elle aussi cet obscur boyau pour théâtre, quand se déposait, comme une espèce de suie magique, le trésor doux des jouets.

Au moment où je me trouvais près de la « Radieuse », moelleusement installé sur les genoux de ma mère, l'engin ne me faisait nullement l'effet d'un monstre, mais celui d'une bête tiède et bonne, à l'haleine rassurante. Ma mère, très petite, devait avoir une vieille robe de chambre passée sur sa chemise de nuit et sa natte pendant long dans le dos. Mon père, en veston d'intérieur, détenait le remède, petit flacon rempli d'un liquide brunâtre qui, disait-il, contenait une plume qui me chatouillerait la gorge, de manière à me faire vomir. Je n'aimais pas prendre le vomitif, mais l'idée de la plume m'amusait ; l'idée aussi d'être le personnage central du drame qui se jouait, en plein milieu de la nuit, avec ma mère assise comme une matrone antique tout près du métal bleu de la « Radieuse » et mon père cherchant l'*ipeca* parmi les ornements torses du buffet Henri II.

DON JUAN ET LE COMMANDEUR

Sans être aucunement bibliophile, j'ai un soin quasi fétichiste de mes livres. Parmi ceux auxquels je suis le plus attaché, deux me viennent de ma mère qui les reçut comme prix ou cadeaux, je crois, quand elle était encore jeune fille :

un RACINE, que j'aime surtout à cause d'*Iphigénie* (Clytemnestre en lutte contre Agamemnon son mari, pour défendre sa fille qu'un père sans cœur veut sacrifier ; les dieux intervenant et lançant le tonnerre et à cause de la versification racinienne qui présente, en même temps que cette roideur antique à laquelle j'attache tant de prix, une sorte de duveté d'alcôve où toutes les lignes se font fluides comme celles de corps en amour ;

un MOLIÈRE, auteur dont je déteste toutes les œuvres en raison de ce qu'elles mettent en jeu de mesquin à l'exception de *Don Juan* (le « grand seigneur méchant homme », dont la grandeur est portée à son paroxysme par la terrifiante apparition de la Statue du Commandeur, blanche comme plâtre et dure comme l'antiquité, au milieu des éclairs).

C'est peut-être, au moins en grande partie, à ces deux livres que je dois le goût que j'ai toujours eu d'une certaine forme classique, appréciant les beaux vers qui sortent d'un seul jet, comme la saillie d'un animal ou la tension d'un obélisque. En un certain sens, il n'y a pas de différence pour moi entre « antique » et « classique » puisqu'il s'agit toujours de cette même pureté, dureté, froideur ou roideur — qu'on l'appelle comme on voudra !

La tendresse que je reportai de ma mère à ces livres, et de ces livres pris en tant qu'objets à leur contenu, est de nature à avoir renforcé la signification que j'attribuai de très bonne heure à l'antiquité, vue sous l'angle du rayon interdit de la bibliothèque de mon père. Ces souvenirs livresques ont sûrement concouru à la production du trouble que je ressentis en découvrant l'image de ces deux héroïnes, l'une romaine, l'autre biblique : Lucrèce et Judith.

III

LUCRÈCE

Lucrèce, femme de Tarquin Collatin, parent de Tarquin le Superbe, morte en 510 avant J.-C., illustre par sa mort tragique qui était réputée avoir entraîné la chute de la royauté romaine. Pendant le siège d'Ardée, les princes de la famille royale voulurent savoir comment se comportaient leurs femmes en leur absence. Ils montent à cheval, arrivent de nuit à Rome et trouvent leurs épouses passant joyeusement le temps. Seule, Lucrèce était occupée à filer la laine avec ses femmes. Sa beauté fit impression sur Sextus Tarquin. Quelques jours après, il revint à Rome, s'introduisit chez Lucrèce, lui demanda l'hospitalité, et la nuit, pénétrant dans son appartement, menaça de la tuer si elle lui résistait et de répandre le bruit qu'il l'avait tuée parce qu'elle trahissait son mari ; Lucrèce céda ; mais, faisant le lendemain venir son père et son mari, elle leur raconta l'outrage qu'elle avait subi, et se tua d'un coup de poignard sous leurs yeux. Aussitôt, Junius Brutus, secouant ce poignard ensanglanté, appelle le peuple à la révolte, et la déchéance des Tarquins est proclamée.

(*Nouveau Larousse Illustré*,
d'après Tite-Live.)

A propos de l'acte amoureux — ou plutôt de la couche qui en est le théâtre — j'emploierais volontiers l'expression « terrain de vérité » par laquelle, en tauromachie, l'on désigne l'arène, c'est-à-dire le lieu du combat. De même que le *matador* ou « tueur » donne la mesure de sa valeur quand il se trouve face au taureau seul à seul (dans cette position que l'argot taurin qualifie si bien en disant qu'il est « enfermé »), de même dans le commerce sexuel, enfermé seul à seul avec la partenaire qu'il s'agit de dominer, l'homme se découvre en face d'une réalité. Moi qui éprouve une peine énorme à me tenir à la hauteur des choses et qui, sauf quand j'ai peur, ai l'impression de me débattre dans la plus diffuse irréalité, je suis fervent des courses de taureaux parce que, plus qu'au théâtre — et même qu'au cirque, où toutes choses sont amoindries du fait d'être chaque soir identiquement répétées, prévues quel que soit le danger et stéréotypées — j'ai l'impression d'assister à quelque chose de réel : une mise à mort, un *sacrifice*, plus valable que n'importe quel sacrifice proprement religieux, parce que le sacrificateur y est constamment menacé de la mort, et d'un coup matériel — enchâssé dans les cornes — au lieu de la mort magique, c'est-à-dire fictive, à laquelle s'expose quiconque entre en contact trop abrupt avec le surnaturel. La question n'est pas de savoir si la *corrida* dérive ou non de la tauromachie crétoise, du culte de Mithra ou de quelque autre religion où l'on détruit des bovidés, mais seulement de déterminer pourquoi elle revêt cette apparence sacrificielle qui, bien plus que son intérêt immédiatement sadique, lui confère une valeur passionnelle, dans la mesure où le trouble qu'engendre la présence du sacré participe de l'émotion sexuelle.

L'ensemble de la *corrida* se présente tout d'abord comme une sorte de drame mythique dont le sujet est le suivant : la Bête domptée, puis tuée par le Héros. Les moments où passe le divin — où le sentiment d'une catastrophe perpétuellement frisée et rattrapée engendre un vertige au sein duquel horreur et plaisir coïncident — sont ceux où le *torero* en vient à jouer avec la mort, à n'y échapper que par miracle, à la charmer ; par là il devient le Héros, en qui s'incarne toute la foule qui, par son truchement, atteint à l'immortalité, à une éternité d'autant plus enivrante qu'elle ne tient qu'à un fil.

En ce qui concerne la Bête, il y a l'idée qu'elle est fatalement condamnée, complicité — ou communion — des spectateurs qui tous participent à ce meurtre, acclament ou conspuent le tueur selon qu'il est ou n'est pas assez grand pour qu'ils puissent s'identifier à lui, l'encouragent de leurs « *olé !* » qui ne sont pas une récompense mais une aide, comme celle qu'on apporterait, en hurlant, à une femme dans son accouchement.

Entraînée de cape en pique, de pique en homme qui se métamorphose en cape, d'homme en banderille, de banderille en estoc et d'estoc en poignard, la grosse bête n'est bientôt plus qu'un monticule de chair fumante. S'il n'y avait que cet assassinat agrémenté de fioritures plus ou moins séduisantes, la *corrida* n'aurait pas cette beauté surhumaine, reposant sur le fait qu'entre le tueur et son taureau (la bête enrobée dans la cape qui la leurre, l'homme enrobé dans le taureau qui tourne autour de lui) il y a union en même temps que combat — ainsi qu'il en est de l'amour et des cérémonies sacrificielles, dans lesquelles il y a contact étroit avec la victime, fusion de tous les officiants et assistants dans cette bête qui sera leur ambassadrice vers les puissances de l'au-delà, et — le plus souvent — absorption même de sa substance par la manducation de sa chair morte.

Le cérémonial actuel des *corridas* ne pourrait, certes, être que difficilement interprété comme la survivance directe d'un culte, car l'on sait que la *corrida* fut d'abord une manifestation chevaleresque, de l'ordre des tournois, et qu'avant Pedro Romero, Costillares et Pepe Hillo, *toreros* professionnels qui vers le début du siècle dernier élaborèrent le code de la course moderne, tout se passait beaucoup plus grossièrement. Toutefois, divers faits peuvent être relevés qui appuient curieusement la thèse de sa signification sacrificielle.

D'abord la coïncidence des grandes courses avec les *fiestas* locales, qui correspondent à des fêtes religieuses. Puis l'usage de costumes spéciaux brillamment chamarrés, dits « costumes de lumières », qui font figure d'ornements sacerdotaux et transforment les protagonistes en une espèce de clergé ; il n'est jusqu'à la *coleta*, petit chignon (aujourd'hui postiche) que les *toreros* portent comme signe de leur profession, qui ne rappelle la tonsure des prêtres.

Regardant plus au fond des choses, on ne peut manquer d'être frappé par l'extrême minutie de l'étiquette, en ce qui concerne notamment la mise à mort. Du côté des acteurs, on constate qu'à l'inverse des règles sportives qui laissent un grand nombre de coups permis à côté d'un nombre restreint de coups défendus, le code de la tauromachie ne met à la disposition du joueur qu'un nombre très petit de coups permis par rapport à un nombre considérable de coups défendus ; ainsi, l'on croirait se trouver en présence, non d'un jeu à caractère sportif dont les règles ne constituent qu'un canevas assez lâche, mais d'une opération magique au déroulement méticuleusement calculé, où les questions d'étiquette, de style priment l'immédiate efficacité. Du côté du public, on remarque que la mise à mort s'accomplit dans une atmosphère de nette solennité. Que le *matador* soit acclamé s'il a travaillé en homme courageux en même temps qu'en grand artiste ou qu'il soit accablé sous les sifflets et les clameurs indignées de ceux qui l'accusent de ne pas avoir tué ainsi qu'il aurait fallu mais simplement assassiné, qu'on applaudisse le taureau qui s'est comporté vaillamment ou qu'on hue celui qui a fait montre de veulerie, il n'en reste pas moins que l'attitude du public à ce moment est une attitude religieuse à l'égard de la mort qu'une créature vient de subir, ainsi que pourrait tendre à le prouver le fait qu'en certaines *plazas* tous se lèvent sitôt l'animal écroulé et ne se rasseyent que pour l'entrée en lice de l'animal suivant. D'autre part, on pourrait citer des usages tels que l'*alternative*, investiture donnée au nouveau *matador* par un de ses anciens, comme on armerait un chevalier ; tels que celui, pour le tueur, de dédier la bête qu'il se prépare à estoquer à une personnalité présente, à l'ensemble du public ou à la ville dans laquelle la fête se déroule (de sorte que le taureau ainsi offert fait, à proprement parler, figure de *victime*) ou encore tels que la consommation des génitoires de la bête immolée, coutume, paraît-il, récente que pratiquent certains amateurs convaincus, se les faisant apporter à leur place et les mangeant en regardant les autres courses, se livrant ainsi sur la dépouille du taureau mort à une espèce de festin rituel, comme s'ils se proposaient d'assimiler sa vertu.

Le caractère prestigieux de la course est lié intimement à cette allure de cérémonie religieuse (plus valable que toutes celles des religions occidentales modernes, qui ont perdu leur sens profond en n'admettant de sacrifice que sous une forme symbolique) et je crois que, pour qu'elle soit émouvante, il importe relativement peu qu'une course soit techniquement bonne ou mauvaise ; l'essentiel est qu'il y ait meurtre d'un animal selon des lois précises et danger de mort pour celui qui le tue.

Des six courses qu'il m'a été donné jusqu'à présent de voir, la première, aux arènes romaines de Fréjus, était purement ignominieuse : des *toreros* ou trop jeunes ou trop vieux ; de grands veaux massacrés pire qu'à la boucherie, parfois urinant de frayeur ou beuglant ; une foule manifestant à tort et à travers pour faire le genre espagnol ; une présidence faisant couper la queue d'une bête mise à mort pas trop malproprement et le *matador* à qui venait d'échoir cette distinction imméritée lançant, d'un geste galant, la queue à une spectatrice des loges ; la femme se trouvant mal, son entourage la ranimant et enveloppant le trophée dans du papier journal en tentant de lui faire comprendre la délicatesse de l'intention. La deuxième (combats « au simulacre » en Catalogne française, à Saint-Laurent-de-Cerdan) était dérisoire mais touchante : sardanes dansées inauguralement sur la place du village — où avait lieu la course — sous la clameur solaire des instruments à vent dits *tenoras* ; fenêtres d'hôtel changées en loges, aux barres d'appui garnies de châles ; amateurs se faisant piétiner pour la gloire d'attraper les cocardes (le plus fort était un garçon boucher) ; quête pour remplacer la culotte d'un *torero*, déchirée d'un coup de corne. La troisième, à Saragosse, était une *novillada* (course régulière, mais avec de jeunes taureaux ou des bêtes tarées, impropres à figurer en *corrida* formelle) ; sa médiocrité de spectacle à prix réduits ne l'empêcha pas d'être fascinante : un nommé Fidel Cruz fut enlevé deux fois sur les cornes, revint sur le taureau en verdissant et réussit enfin un bon *descabello*, coup à la nuque qui foudroie le taureau en lui tranchant la moelle épinière ; un animal peureux sauta presque dans le public ; un tout jeune Sévillan, qui jouait joliment de la cape, fut emboîté, ayant tué convenablement une bête malheureusement trop chétive, dont le public avait exigé en vain le renvoi ; il finit son travail sous une grêle de coussins puis, son adversaire mis à mort, s'en alla soutenu par ses amis en sanglotant dans sa barrette. Coupée par une loterie qui se tirait en pleine arène, à l'aide d'un tonneau mû par une manivelle et contenant les numéros, la réunion se termina par une charge de police, à la matraque, la foule ayant envahi la piste à la suite de l'incident dont avait pâti le jeune Andalou. La quatrième se passait à Barcelone, à la « Monumental », plaza couverte de réclames comme une sorte de Vel' d'Hiv' ; deux *matadors* — l'un Mexicain et l'autre Basque — se débrouillaient comme ils pouvaient devant des bêtes difficiles ; pour orchestre, personne ne trouvait étrange qu'il y eût le band de la Croix-Rouge ; course pénible et dangereuse, mais constamment terne et morne. Les deux dernières, je les ai vues l'été passé ; l'une à Vitoria — avec Joaquim Rodriguez CAGANCHO (Gitan dédaigneux, réputé autant pour sa grâce que pour la fréquence de ses paniques), Pepe BIENVE-NIDA (au style fin et classique), Luis Gomez EL ESTU-DIANTE (étudiant en médecine passé à la tauroma-chie, droit comme un I, svelte et aristocratique), Louis Castro EL SOLDADO (Mexicain éblouissant de courage, belluaire farouche), — l'autre à Valence, avec Rafael Ponce RAFAELILLO (c'est-à-dire « Petit Raphaël »), enfant de la ville que la presse saluait unanimement comme un prodige. Ces deux der-nières courses étaient en tout point admirables ; elles m'ont enthousiasmé, mais ne m'ont rien révélé qui modifiât notablement mon point de vue. A toutes mes *corridas*, excepté cependant à celle qui se passait sans mise à mort, j'ai été à peu de chose près égale-ment ému. L'essentiel n'est donc pas le spectacle mais l'élément sacrificiel, gestes stricts accomplis à deux doigts de la mort et pour donner la mort.

Quand j'assiste à une course de taureaux, j'ai tendance à m'identifier soit au taureau à l'instant où l'épée est plongée dans son corps, soit au *matador* qui risque de se faire tuer (peut-être émasculer ?) d'un coup de corne, au moment où il affirme le plus nettement sa virilité.

L'image de Lucrèce éplorée, après le viol qu'elle dut subir de la part de son beau-frère, le soudard Sextus Tarquin, est donc une évocation bien faite pour me toucher. Je ne conçois guère l'amour autrement que dans le tourment et dans les larmes ; rien ne m'émeut ni ne me sollicite autant qu'une femme qui pleure, si ce n'est une Judith avec des yeux à tout assassiner. Remontant jusqu'à ma plus tendre enfance, je retrouve des souvenirs relatifs à des histoires de *femmes blessées*.

MON ONCLE L'ACROBATE

Ma mère, alors que j'étais encore très petit (il s'agit d'une époque où c'était elle qui me lavait chaque matin), avait donné l'hospitalité à son frère, qui souffrait d'une fracture au poignet et n'avait personne pour le soigner, venant de se séparer de sa femme et ne disposant que de moyens trop modestes pour pouvoir engager une infirmière ou gouvernante. Un matin que, me tenant dans ses bras, elle entrait dans la chambre de mon oncle pour lui donner les soins que sa blessure nécessitait, ma mère glissa et tomba à terre très brutalement. Ayant heurté malencontreusement l'angle d'un meuble, elle se fit un trou à la tête et saigna assez abondamment. Mon oncle, incapable de la secourir à cause de son bras en écharpe, assistait impuissant à la scène, jurant et réclamant du secours. Quant à moi, je poussais des cris de putois, étant tombé sur le menton et m'étant fait, d'ailleurs, un mal suffisant pour ne pouvoir remuer les mâchoires qu'avec douleur pendant plusieurs jours.

L'oncle en question, frère de ma mère, dont le poignet cassé avait été la cause première de l'accident, est un personnage qui eut sur moi une grande influence. En raison de ce qu'il représentait à mes yeux, et peut-être aussi à cause du lien de parenté qui l'unissait à ma mère, je l'ai toujours beaucoup aimé, à l'inverse de mes parents du côté paternel que j'ai presque tous perpétuellement détestés. Fils d'un haut fonctionnaire de la police doué de tout le puritanisme bourgeois du « républicain de 48 », mon oncle, bien qu'il fût à sa manière relativement bien-pensant (à l'époque où je l'ai connu, chaque semaine il allait à l'église, mais le *mercredi*, de façon à ne pas être dérangé par la foule du dimanche), eut une vie proprement scandaleuse, par rapport au milieu duquel il était issu.

Très épris de théâtre, et pourvu de remarquables dons comiques, il travailla d'abord pour être acteur, se destinant au Théâtre-Français ; mais, dégoûté par les cabotins pontifiants qu'il était obligé de rencontrer, il se fit acteur de mélodrame et parut, dans des pièces de cape et d'épée, sur les scènes de province et de quartier. Trouvant encore ce milieu trop artificiel et trop poseur, il devint chanteur de café-concert puis jongleur dans un cirque. Là seulement il se sentit à l'aise, ayant trouvé des gens réellement simples et honnêtes, dévoués corps et âme à leur art.

En même temps que s'opérait ce qui, pour son entourage bourgeois, n'était qu'une « déchéance », il mettait un terme à une vie amoureuse agitée, par un sot mariage, puis un encore plus sot collage, préférant à des femmes qui leur étaient très supérieures à tous égards deux brutes stupides, dont la première — paysanne enfuie toute jeune de chez elle avec une troupe de forains chinois — avait été d'abord avaleuse de sabres, puis danseuse sur fil de fer. Belle de corps, elle tenait mon oncle, qui l'« avait dans la peau » ; mais il finit par être dégoûté de sa sensualité bestiale, d'autant que — souffrant d'être plus âgée que lui — elle le rendit presque fou par sa jalousie. La plus ancienne vision que j'ai d'elle, c'est revêtue d'une robe si rouge qu'elle avait l'air trempée dans du sang frais. La concubine qui lui succéda était laide, d'une grossièreté ordurière ; encore plus bête si possible, elle harcelait mon oncle de ses chicaneries incessantes et se moquait outrageusement de lui.

Ma mère aimait beaucoup ce frère et je l'ai souvent entendue parler avec mon père de son côté « Don Quichotte ». Pendant des années, il vint toutes les semaines — chaque *lundi*, à ce qu'il me semble — déjeuner à la maison. Souvent il m'emmenait au music-hall et, très connaisseur, m'expliquait tous les tours ; il savait par exemple, dans beaucoup de cas, combien de personnes en Europe étaient capables d'accomplir l'exercice auquel nous assistions ; il m'apprenait à apprécier le vrai travail et me mettait en garde contre ce qui n'est que vulgaire truc à effet. Parfois aussi il me menait chez de vieux camarades à lui, tous artistes de cirque ou de music-hall ; je me rappelle entre autres une famille de saltimbanques qui vivaient en maraîchers dans une cabane de la zone. Dans le petit logement qu'il habitait aux environs de Paris, il avait une table chargée de tout un matériel de jonglage : boules rouges et blanches, boulets, baguettes de diverses formes, massues, chapeau haut-de-forme ; bien que n'exerçant plus, il jonglait tous les matins, en guise de culture physique ; fréquemment il s'exhibait devant moi et son habileté me semblait merveilleuse. Très maigre, le nez fortement accusé, il avait bien l'air d'un baladin mâtiné de Don Quichotte. Lors de la grossesse de ma sœur, pour bien marquer la différence de volume qui opposait à nos yeux les deux personnages, mon frère et moi, jouant aux dominos, avions coutume d'appeler le double-six « Juliette », le double-blanc « Oncle Léon ».

Malgré son âge, son défaut complet de snobisme et la vie retirée qu'il menait, mon oncle avait un sens de l'actualité parfois surprenant ; ainsi, pendant la guerre, c'est lui qui me signala dès leur première apparition les films de Charlot, m'annonçant que venait de se révéler un pitre tout à fait génial. Certains préceptes qu'il me répétait sont restés gravés dans mon esprit et j'y souscris encore maintenant ; il m'a fait comprendre notamment que la mise au point d'un tour de chant ou d'un numéro de music-hall peut nécessiter beaucoup plus de talent que bien des exécutions plus ambitieuses. C'est lui aussi qui m'a appris qu'il peut y avoir « plus de poésie dans une chanson à deux sous que dans une tragédie classique ».

Sans vouloir me comparer à lui au point de vue du courage, je me sens très proche de cet oncle qui toute sa vie rechercha, avec une constance admirable, ce qui pour d'autres n'était qu'un *abaissement* et ramassa ses femmes, l'une dans la sciure des pistes, l'autre presque sur le trottoir, tant il avait le goût de ce qui est nu et authentique, et qu'il pensait ne pouvoir rencontrer que chez ces humbles, tant il devait trouver de joie aussi à *se sacrifier*, — en cela extrêmement semblable à moi qui ai si longtemps recherché (en même temps que redouté), sous des formes dif-

férentes, la souffrance, la faillite, l'expiation, le châtiment.

Le prestige de cet oncle était encore accru à mes
yeux du fait qu'il avait fréquenté un peu tous les
milieux — sans excepter les pires — et que, dans sa
jeunesse, une femme qu'il voulait quitter l'avait
frappé d'un coup de couteau.

De même que celle de mon père (qui survint quelques années plus tard) sa mort coïncida avec une période de neige. De toute sa vie il n'avait pu voir tomber la neige sans ressentir une espèce de vertige.

YEUX CREVÉS

Âgé de six ou sept ans, en jouant avec une cara-
bine Eurêka, j'envoyai un jour par maladresse une
flèche dans l'œil de la servante de mes parents.
Celle-ci (une nommée Rosa, qui devait être assez
coureuse) s'enfuit en hurlant qu'elle avait l'œil
crevé.

Je ne vois pas que les servantes m'aient jamais particulièrement excité (sauf une, peut-être, une Allemande que mes frères et moi avions, je ne sais pourquoi, nommée « Éclair », et plus tard, villégiaturant
sur une plage anglaise avec mes parents, une des
femmes de chambre de l'hôtel) ; je considère donc
comme douteux que l'événement que je viens de
relater ait eu pour moi une valeur spécialement
ambiguë ; mais je me rappelle les sanglots et les cris
que je poussai à l'idée d'avoir crevé l'œil de cette
fille.

Une autre sensation désagréable d'« œil crevé » est
celle que j'éprouvai, vers dix ou onze ans, au cours

d'un jeu auquel me firent jouer ma sœur et son mari. Voici quel est ce jeu.

On bande les yeux du patient et on lui dit qu'on va lui faire « crever l'œil à quelqu'un ». On le conduit, l'index tendu, vers la victime supposée, porteuse, à hauteur d'un de ses yeux, d'un coquetier rempli de mie de pain mouillée. Au moment où l'index pénètre dans le mélange gluant, la victime feinte pousse des cris.

J'étais le patient en question, et ma sœur la victime. Mon horreur fut indescriptible.

La signification de l'« œil crevé » est très profonde pour moi. Aujourd'hui, j'ai couramment tendance à regarder l'organe féminin comme une chose sale ou comme une blessure, pas moins attirante en cela, mais dangereuse par elle-même comme tout ce qui est sanglant, muqueux, contaminé.

FILLE CHATIÉE

Dans une institution très bien-pensante où je faisais ma classe de huitième (?) on fit jouer à un certain nombre d'élèves (la plupart choisis parmi les plus âgés) une petite pièce religieuse sur la *Naissance du Christ*, à l'occasion des fêtes de Noël ou de la distribution des prix. Cette pièce exposait en plusieurs courts tableaux les différents prodiges qui, dans le monde païen, annoncèrent la venue de Jésus-Christ. Elle se terminait par l'adoration des mages et des bergers. Les deux seules scènes dont je me souvienne en dehors du tableau final sont les suivantes :

dans l'une, le personnage essentiel était le matelot grec qui entendit une voix parler sur la mer et pro-

clamer la mort de Pan, annonçant de ce fait le cré-
puscule des anciens dieux ;

dans l'autre, on voyait une vestale condamnée à
être murée vive pour avoir laissé s'éteindre le feu
sacré (supplice qui, je l'ai su plus tard, était aussi le
châtiment de celles qui avaient manqué à leur obligation de chasteté) ; c'était un jeune garçon — pâle
et délicat à souhait, et doué, je crois, d'un nom à par-
ticule — qui faisait la vestale.

Au cours de toute la représentation, et particulièrement durant cette scène où une jeune fille devait
être punie de mort, je fus en proie à ce trouble que
suscite toujours en moi l'antiquité, symbole de ce qui
est roideur ou bien fatalité. Il s'en faut même de peu
que, pour être mieux conforme à cette image du
Destin, la séance ne se soit effectivement terminée
par une intervention de Jupiter tonnant : l'inflammation soudaine d'une quantité trop grande de magné-
sium provoqua une petite explosion qui jeta la
pagaïe dans *L'Adoration des Bergers*.

De cette même école (dont je suivis de nouveau les
cours pendant la guerre, pour préparer mon second
baccalauréat) je fus plusieurs fois mis à la porte, sous
prétexte — j'avais alors dix-sept ans — que j'incitais
mes condisciples à aller se saouler dans les grands
bars à aviateurs au lieu de travailler ; à vrai dire, ils ne
faisaient que suivre mon exemple, sans qu'il y eût
jamais eu propagande active de ma part. Chacun de
ces renvois fut annulé, car je réussissais toujours à
reconquérir le directeur — un Alsacien chauvin à
longue moustache de tzigane dont ma mère disait
qu'il avait l'air d'un « rasta » — soit qu'il eût admiré
mon attitude édifiante au cours de la messe (à
laquelle on nous faisait assister tous les jeudis matin)
soit que j'eusse prétendu — sans avoir aucunement
l'intention de le faire — que j'allais m'engager afin
de me « racheter ».

Durant toute la fin de la guerre, les garçons plus âgés que moi, qui, après une vie dissolue, s'engageaient, étaient à mes yeux parés, sans que le moindre sentiment patriotique fût mêlé à une telle réaction, de l'auréole de ceux à qui une punition sévère permet de se « racheter » pour peu qu'ils aient délibérément cherché leur châtiment.

SAINTE MARTYRISÉE

Vers l'époque de ma première communion, faisant partie en qualité d'externe d'une école dirigée par un prêtre (vieux priseur à faciès de corsaire espagnol, originaire du Roussillon, qui pinçait ferme quand on n'était pas sage), je reçus comme livre de prix l'ouvrage du cardinal Wiseman, *Fabiola*. Dans ce livre, peinture des malheurs qu'endurèrent les chrétiens sous la persécution romaine, est racontée l'histoire — avec une gravure à l'appui — d'une jeune vierge qu'on supplicie, liée à un chevalet, en lui désarticulant peu à peu bras et jambes. Je ne lus pas en entier l'insipide roman, mais je me passionnai pour cet épisode. Je vois encore le visage convulsé de la martyre, ses longs cheveux défaits et ses pieds nus lacés de cordes ; il s'agit, je crois, d'une fille du peuple, vêtue d'une tunique misérable, et entourée de centurions et légionnaires à face brutale. Un treuil de bois sert à tendre les cordes.

Ce souvenir se mêle à celui, plus ancien mais plus précis (car je suis retourné au même endroit, avec quelle émotion ! il y a sept ans environ), d'une promenade que ma mère me fit faire très jeune au Musée Grévin.

En même temps qu'un tableau de la guerre russo-japonaise — le siège de Port-Arthur, je crois, avec au premier plan un cadavre japonais à la tempe trouée, image de carnage qui me hanta longtemps — je vis là les fameuses Catacombes, les chrétiens nus derrière les grilles qui les séparent des lions auxquels ils sont promis et cette belle femme de cire, toute nue, en grandeur naturelle, allaitant ou tenant dans ses bras un enfant à demi recouvert par ses beaux cheveux, dont le lourd manteau noir tombe sur son dos et sur ses mamelles que les crocs des fauves déchireront bientôt, les vidant entièrement de leur sang et de leur lait. Instinctivement, je m'identifiais aux chrétiens, et j'avais peur autant des lions mal peints sur le décor que des statues de cire, sortes de cadavres étrangement momifiés et d'une certaine manière désirables, avec leur chair nue, impassible et rosée.

Les impressions d'ordre très matériel que j'éprouvai à la vue de ce pieux spectacle comme à la lecture partielle de *Fabiola* ne sont en rien contradictoires avec la présence en moi d'une certaine dose de mysticisme. Je fis ce qu'on appelle une première communion « fervente », ou peu s'en faut. J'attendais un miracle, une fabuleuse révélation au moment où l'Eucharistie fondrait dans ma bouche. J'appréhendais aussi de l'avaler, la sachant trop large pour mon gosier, et ignorant qu'elle fût susceptible de s'amollir, tel un cachet ; ma crainte était grande de la recracher, au cas où j'avalerais de travers si Dieu n'opérait pas, pour que je pusse la déglutir, un prodige analogue à celui des jouets de Noël qui, quelles que soient leurs dimensions, arrivent au bas des cheminées. Je fus horriblement déçu dans mon attente, comme dans ma peur (guère plus, toutefois, que je ne devais l'être lors de mon initiation à l'amour). Me disant : « Ce n'est que cela » et n'espérant plus de miracle, je cessai bientôt de pratiquer, puis de croire, et je n'ai jamais recommencé.

Si vifs que soient ces divers souvenirs, caractérisés par la présence en chacun d'eux d'une Lucrèce, c'est-à-dire d'une femme ou blessée ou châtiée, ils pâlissent à côté de ceux qui se rapportent à des femmes dangereuses, c'est-à-dire à des Judith.

IV

JUDITH

Judith, héroïne juive, dont l'histoire est racontée dans le livre de l'Ancien Testament qui porte son nom. En voici la substance. La ville de Béthulie, assiégée par l'armée d'Holopherne, général de Nabuchodonosor, roi de Ninive, allait succomber. Une veuve, nommée Judith, résolut, par l'inspiration de Dieu, de sauver son peuple. Elle quitte la ville avec une seule de ses servantes, et se rend au camp des Assyriens. Introduite auprès d'Holopherne, elle le captive par sa beauté, accepte de s'asseoir à sa table et, quand elle le voit accablé par l'ivresse, elle lui tranche la tête et rentre à Béthulie pendant la nuit. Le lendemain les Juifs suspendent à leurs murs la tête sanglante d'Holopherne et les Assyriens, terrifiés, lèvent le siège après avoir éprouvé une sanglante défaite.

(*Nouveau Larousse Illustré*,
d'après le « Livre de Judith ».)

Je ne puis dire à proprement parler que *je* meurs, puisque — mourant de mort violente ou non — je n'assiste qu'à une partie de l'événement. Et une grande partie de l'effroi que j'éprouve à l'idée de la mort tient peut-être à ceci : vertige de rester suspendu en plein milieu d'une crise dont ma disparition m'empêchera, au grand jamais, de connaître le dénouement. Cette espèce d'irréalité, d'*absurdité* de la mort est (abstraction faite de la souffrance physique dont on peut craindre qu'elle s'accompagne) son élément radicalement terrible et non, comme d'aucuns peuvent le penser (« Après moi le déluge ! » « Puisque après la mort il n'y a rien, pourquoi avez-vous peur ? » « Qu'est-ce que cela peut vous faire, puisque vous n'y serez plus ? » etc.), ce qui peut la faire accepter.

Il est normal, à ce point de vue, que certains prennent des dispositions testamentaires, s'inquiètent de leur tombe, règlent minutieusement le cérémonial de leurs obsèques, se reposent sur l'idée qu'on les pleurera, qu'on portera leur deuil ou toutes autres choses propres à les persuader qu'ils continueront, dans une certaine mesure, d'exister. S'il y a quelque chose de répugnant à cela, c'est l'espèce d'*assurance* qu'on prend ainsi sur la disparition, le caractère factice et purement social, conventionnel, d'une telle assurance et surtout le manque de goût — voire la réelle goujaterie — que cela représente, car a-t-on idée de vouloir à ce point lier les autres à la puanteur de son cadavre ?

D'une autre manière, on peut dire que la crise de la mort est en analogie avec le spasme, dont on n'a jamais à proprement parler conscience, à cause de la déroute de toutes les facultés qu'il implique et de son caractère de retour momentané au chaos. La tristesse bien connue d'après le coït tient à ce même vertige inhérent à toute crise non dénouée, puisque dans l'aventure sexuelle comme dans la mort le point culminant de cette crise s'accompagne d'une perte de conscience, au moins partielle dans le premier cas. S'il arrive que l'on songe à l'amour comme moyen d'échapper à la mort — de la nier ou, pratiquement, de l'oublier — c'est peut-être parce que obscurément nous sentons que c'est le seul moyen dont nous disposions d'en faire un tant soit peu l'expérience, car, dans l'accouplement, nous savons au moins ce qui se passe *après* et pouvons être le témoin — d'ailleurs amer — du désastre consécutif. Il peut s'agir aussi d'un mode d'action magique : conjurer le mauvais sort, écarter la sale histoire qui nous menace en exécutant cette sale histoire en petit et exprès, tout comme s'il s'agissait de régler une facture à bon compte, de sacrifier la partie pour être quitte du tout, de faire la part du feu et de laisser joyeusement flamber les écuries. Ce même comportement magique consistant à réaliser exprès ce dont nous avons peur pour nous en délivrer — cette politique de Gribouille — peut se retrouver dans le suicide qui, à bien des égards, tire son prestige du fait qu'il nous apparaît, paradoxalement, comme le seul moyen d'échapper à la mort, en disposant librement, en la réalisant nous-même ; mais, en nous suicidant, ce n'est pas une part du feu que nous faisons, c'est tout entier que nous nous y jetons — sans rémission.

Telles sont les réflexions qui me viennent à l'esprit, au moment de parler de Judith.

L'histoire de Judith — héroïne deux et trois fois terrible parce que, d'abord veuve, elle devient ensuite meurtrière et meurtrière de l'homme avec qui, l'instant d'avant, elle a couché — ne m'a pas autrement ému quand pour la première fois je l'ai lue, étant enfant, dans le petit livre d'*Histoire sainte* où elle était contée. Il est vrai que tout détail licencieux en avait été rigoureusement banni. Beaucoup plus passionnante pour moi était l'histoire des Macchabées, de leurs combats, et des tortures que, sous les yeux de leur mère, plusieurs d'entre eux subirent. Pourtant Judith, qui trancha la tête de son amant avec le propre glaive de celui-ci, puis l'enveloppa d'un voile ou la mit dans un sac afin de l'emporter, est la figure autour de laquelle cristallisent des images qui eurent une influence décisive sur ma vie.

Du plus loin qu'il m'en souvienne — sans doute dès avant ma naissance — il y eut chez mes parents une gravure d'un goût détestable représentant l'épisode bien connu du « Lion amoureux » : à l'orée d'une espèce de grotte ou de caverne, une femme nue, aux cheveux relevés en chignon vers le haut de la tête, est assise et se penche amoureusement vers un énorme lion à l'air complètement abruti.

Ce qui me frappe dans cette gravure, c'est beaucoup moins le danger d'être déchirée que court la femme, que la bêtise du lion, gros mâle qui se laisse berner. J'y vois aussi une marque du mauvais goût de mon père.

On m'a raconté qu'un homme que j'ai connu, et qui s'est suicidé, se rappelait avoir conçu, dès sa première enfance, une haine irrémissible à l'égard de son père, du jour qu'il l'avait entendu péter. L'hostilité que j'ai contre le mien vient surtout de son aspect physique inélégant, de sa vulgarité bonasse et de l'absence totale de goût qu'il avait en matière artistique.

Possédant une voix de ténor agréable, il chantait des romances de Massenet, et cette sensualité bébête m'exaspérait. Je n'ai jamais eu l'idée qu'il pût se passer quelque chose de vraiment *érotique* entre ma mère et lui.

Jugeant stupide son métier de boursier (et je pense aujourd'hui que ce mépris qu'il avait de sa profession fut un des beaux côtés de son caractère) il avait rêvé pour ses deux fils aînés de carrières artistiques : le premier devait être décorateur, le second

violoniste ; quant à moi, l'on me destinait à Poly-
technique... Pauvre homme ! La destinée l'a bien
trompé : à l'heure actuelle, mes frères aînés sont
tous deux boursiers et il n'y a guère que moi qu'on
puisse, si l'on y tient, considérer comme un
« artiste ».

Quelquefois, pour embellir son intérieur, il ache-
tait des statues absolument hideuses. Trois d'entre
elles me paraissent particulièrement caractéristiques.

Les deux premières sont des bustes de terre cuite,
genre « modern style », représentant des femmes qui
évoquent l'idée de sirènes, de nymphes ou bien
encore de walkyries. La troisième est un grand
bronze, une charmeuse de serpent. Tenant embou-
chée une longue et mince trompette, ses épaules déli-
cates enlacées par les volutes du serpent, la charmeuse est totalement nue, hormis sa tête qu'orne un
turban. J'entends encore mon père dire à l'un de ses
amis, qui le félicitait de cette acquisition : « Ce qu'il y
a de joli, c'est que bien qu'elle soit nue elle est quand
même très chaste. » Pourtant je me suis livré plus
d'une fois à de litigieux manèges par la faute de cette
statue, lui ayant d'abord palpé longuement tout le
corps.

Mon père était un homme très bon, très affable et
foncièrement généreux. Il aimait beaucoup à recevoir et, dans la mesure de ses moyens, s'adonnait au
mécénat. Fervent amateur de chant, il organisait à la
maison de petites soirées musicales où se faisaient
entendre des artistes de sa connaissance. Entre autres
personnes, il invitait souvent à dîner avec son mari
(un cousin germain de ma mère, homme assez brillant et sympathique, goûtant fort la bonne chère et la
vie large, mais qui devait mourir plus tard, dans
d'horribles souffrances, d'un cancer à l'anus) une

cantatrice flamande alors assez connue que ma sœur, mes frères et moi considérions exactement comme notre tante (bien qu'elle fût seulement cousine par alliance de nos parents et que je désignerai sous le pseudonyme de « Tante Lise ».

Très simple et très gentille malgré son physique imposant, Tante Lise était une grande et robuste gaillarde, pourvue d'une santé éclatante et d'une voix splendide. Je la revois avec ses toilettes, pas très jolies mais tapageuses, ses beaux bras gras, sa croupe bien en chair, ses seins bien lourds de belle brune au calme de génisse, et ses cheveux si noirs, ses lèvres si rouges, sa peau si fraîche, ses yeux superbes toujours trop charbonnés, car elle savait très mal se maquiller.

De sa vie privée, je ne me rappelle à peu près rien. A l'époque où elle venait chanter chez mes parents et, plus tard, lorsque je fus adolescent, elle ne m'apparut jamais que sous l'aspect typique de la « femme de théâtre », c'est-à-dire que, dans son existence, seule comptait à mes yeux sa vie de scène. Je sais pourtant que peu d'années après son veuvage elle fut volée de ses bijoux et de divers autres objets par une femme de chambre dévouée à qui depuis longtemps elle accordait toute sa confiance. Durant la guerre je ne devais la voir que deux fois : l'une, à la maison, où elle vint dîner avec son neveu, garçon de plus de 1,90 m de haut qui servait comme aviateur dans l'armée belge ; l'autre, dans une rue proche de la Madeleine, où je la rencontrai en compagnie d'un diplomate balkanique, « grand francophile » à chapeau melon et élégance étriquée.

Mais je l'ai entendue ou j'ai vu sa photo dans divers rôles qui, presque tous, ont ceci de commun que, dès mon enfance, ils firent d'elle une Judith.

Donnant un coup de couteau à l'une de ses compagnes cigarières et se moquant jusqu'à ce qu'il la tue du nigaud qu'elle a fait déserter, amante d'un *matador* (« Songe bien, oui ! songe en combattant qu'un œil noir te regarde et que l'amour t'attend ! ») qui lui dédie la bête qu'il met à mort comme à une déesse sanguinaire pour qui il doit risquer de se faire éventrer, la belle Carmencita, avant d'être meurtrie, est bien une meurtrière. Rôle passionnant, dans lequel Tante Lise m'apparut une magnifique et tentante créature, bien en rapport avec les courses de taureaux, qu'il s'agisse de la scène où, assise sur une chaise et les bras liés derrière le dos, sa rouerie de jolie garce amène Don José à la délivrer, ou de l'avant-dernier acte montagnard, quand — se faisant les cartes aussi gentiment qu'une fille à soldats, parmi ces contrebandiers de contrebande dont je ne me rappelle pas s'ils vont jusqu'à porter des tromblons — elle voit avec terreur venir « la mort ! encore ! toujours ! la mort ! » et devient aussi obsédante que le trépas lui-même, du seul fait qu'elle a su déceler son approche.

LA GLU

Je vis Tante Lise dans le rôle de Marie-des-Anges de cet exécrable drame lyrique tiré du roman de Richepin. Le scénario est un pur fait divers : une veuve de pêcheur tue la catin de la ville qui a enjôlé puis lâché son garçon ; l'ex-mari de la vamp — un docteur — se dénonce pour sauver la coupable.

Dans ce rôle, Tante Lise apparaissait en coiffe de paysanne bretonne (ce qui, sur son visage gras et fardé, n'avait rien de particulièrement seyant). Son grand succès était la célèbre « Chanson du Cœur » qui m'émouvait au plus haut point. Il y est question d'un fils acoquiné avec une gourgandine qui lui demande « le cœur de sa mère pour son chien » ; ayant tué sa mère et rapportant son cœur saignant, le fils tombe ; on entend alors le cœur lui dire : « T'es-tu fait mal, mon enfant ? »

Ce qui me frappait le plus dans un tel drame, c'était la *bonne* mère opposée à la *mauvaise* amante, comme l'océan aux senteurs de varech à la ville pluvieuse où la vamp s'étiolait. Au deuxième acte, la Glu chantait son air à elle : mortel ennui d'une grue sans cœur, désœuvrée, insatiable, femme vraisemblablement frigide qui cherche en vain à combler le gouffre de son insatisfaction. Plus que la vieille Marie-des-Anges qui lui défonce le crâne d'un coup de merlin à fendre le bois, c'est elle la Judith, bien que l'autre soit bourreau et elle victime.

SALOMÉ

J'ai eu entre les mains plusieurs photos de Tante Lise dans le rôle de la Salomé de Richard Strauss. J'étais totalement bouleversé au spectacle de sa forte poitrine retenue par deux plaques de métal ouvragé, sur sa chair nue ou sur un maillot rose, et il me semblait respirer son odeur.

Ce drame qui se déroule tout entier sur la terrasse du tétrarque Hérode, au bord de la mer Morte encore tout imprégnée de la pluie de soufre et de feu qui anéantit Sodome et Gomorrhe, villes marquées par le courroux de Dieu, m'a toujours donné, aussi bien par la musique de Strauss que par le texte d'Oscar Wilde, une impression de cauchemar, d'érotisme angoissant. Le tétrarque peureux qui redoute les mauvais présages (« Ha ! J'ai glissé dans le sang ! ») et cherche la débauche comme un refuge, d'autre part Salomé écrasée — par ordre du tétrarque doublement incestueux — sous des boucliers (après avoir joué avec une tête que, sur sa demande, le tétrarque a fait couper) sont des éléments tout à fait hallucinants. Je me suis souvent identifié plus ou moins à ce tétrarque lâche et cruel qui se roule ivre aux pieds de Salomé.

Enfant, j'ai vu la *Salomé* de Strauss deux fois, à l'Opéra. La première fois, avec la cantatrice italienne Gemma Bellincioni, qui en dégageait assez bien le côté morbide ; la seconde fois avec le soprano écossais Mary G..., alors très belle fille. A diverses reprises, je stimulai mon imagination à l'aide d'une photographie de la prestigieuse Écossaise, où elle était représentée en une longue tunique pailletée lui moulant tout le corps, y compris le mont de Vénus, et lui laissant un bras, une épaule et une aisselle entièrement dénudés.

Plus récemment, j'ai vu la *Salomé* de Wilde, chez Georges Pitoëff, qui jouait lui-même le rôle d'Hérode, ayant pour partenaire sa femme en Salomé. C'était vers la fin d'une liaison dont je parlerai plus loin, et j'éprouvais une terrible tristesse à voir cette pièce en compagnie d'une amie que déjà je n'aimais plus. Au cours de cette même liaison, et peut-être vers la même époque, sentant mon amour diminuer et voulant m'en punir, je m'étais mis nu dans ma salle de bains et m'étais griffé le corps entier à coups de ciseaux, avec une sorte d'enragée et voluptueuse application.

Enfin, le 17 décembre 1934 au soir, j'ai revu *Salomé* à l'Opéra, où il y avait bien longtemps que je n'étais allé. Une cantatrice anglaise incarnait la fillette vicieuse, un ténor wagnérien à vastes ventre et pectoraux chantait le rôle d'Hérode, un baryton australien à mine d'Hercule de foire celui du squelettique Yokanaan. Je ne me rappelais tout de même pas que l'orchestre de Strauss fût si extraordinairement et constamment véhément. L'Anglaise chantait assez bien mais manquait de plastique, d'ailleurs trop habillée, trop caparaçonnée d'étoffes raidies et lourdes ; ses contorsions n'avaient rien d'excitant ; en fait de dévêtement en progression savante, sa danse des sept voiles était une escroquerie. Ainsi qu'il est de règle à l'Opéra, les acteurs paraissaient minuscules (coincés entre la scène immense d'où souffle un vent glacé et la fosse orchestrale bouillonnante de plastrons blanchâtres et de chefs chenus) et l'on ne comprenait autant dire rien de ce qu'ils prononçaient. Mais la frénésie du tétrarque (un peu grotesque au demeurant, outrée et conventionnelle, dans le style mélodrame) situait l'œuvre sur ce qui reste, pour moi, son juste plan : l'histoire d'un monarque érotomane et obsédé, qui voit la mort partout et se convulse devant la Femme, tremblant aux paroles du prophète qui clame du fond de son puits comme une voix montant, en dehors de l'espace et des siècles, de la noirceur de l'utérus ; quand il voit à la fin que la marche du monde, décidément, lui échappe, il ordonne le meurtre de la femme, en trépignant comme un enfant que ses jouets ne veulent pas écouter.

Il y aurait beaucoup à dire sur ce drame, et sur Salomé elle-même, fille implacable et châtreuse (puisqu'elle fait trancher la tête du prophète bien qu'elle l'aime, et qu'un autre homme, presque dès le début, s'est ouvert le ventre pour elle), châtiée finalement par Hérode, père incestueux et terrifié. Du lever au baisser du rideau, tout se meut sur le mode orageux du *sacré*, sans relâche, parmi les relents de bazar mêlés au ferraillement d'automates à quelques sous.

ÉLECTRE, DALILA ET FLORIA TOSCA

Dans *Comœdia illustré* ou *Musica* parut un portrait de Tante Lise, dans l'*Elektra* que Richard Strauss a composée sur un livret de Hoffmansthal. Elle était représentée sous les traits d'Elektra — complice d'Oreste dans le meurtre de Clytemnestre, leur mère à tous les deux, après que cette dernière a fait périr Agamemnon — dansant la danse du feu, échevelée, pieds nus, le visage empreint d'une joie sauvage et tenant à la main une torche allumée.

Elektra rentre dans le cycle des tragédies indissolublement liées pour moi au RACINE de ma mère. Ses jambes musclées, sa flamme, son rire, sa chevelure défaite représentent typiquement la bacchante, avec quelque chose de plus sombre, pourtant, aussi éloignée des danses champêtres couronnées de pampres que l'est, par exemple, d'un de nos repas de vendanges une beuverie rituelle chez des nègres.

Je me rappelle avoir entendu dire par mon père qu'à chanter ce rôle Tante Lise s'était abîmé la voix, à cause de la violence farouche qu'il impliquait et parce qu'il comportait d'immenses et déchirants écarts sonores.

Maintes fois, je l'ai entendue chanter le grand air de Dalila, de *Samson et Dalila*, l'ordure académique de Saint-Saëns. Dalila elle aussi est une tueuse, puisqu'elle coupe les cheveux de Samson — ce qui le fait réduire en servitude, est cause qu'on lui crève les yeux et, le dépouillant de sa force, équivaut à une castration. Chanter aussi des airs de *La Tosca*, cette autre ordure de Puccini, adaptée du drame de Victorien Sardou, où l'on voit la cantatrice Floria Tosca (rôle de ma tante) poignarder le policier Scarpia, après que celui-ci a fait fusiller son amant, le peintre Mario Cavaradossi. Dans cette dernière pièce, une chose me paraissait piquante, c'est que ma tante, cantatrice, y jouât précisément le rôle d'une cantatrice.

LE VAISSEAU FANTÔME

Il ne s'agit pas ici d'une meurtrière. Senta, l'héroïne du drame de Richard Wagner, amoureuse du Hollandais volant, se noie volontairement pour faire lever la condamnation à l'errance éternelle qui pèse sur le maudit.

Tante Lise n'eut aucun succès dans le rôle de la fraîche suicidée. La raison en est, je veux croire, qu'un rôle d'une telle douceur ne lui convenait pas. Mais de quelle majesté est paré pour moi le Hollandais volant, ce ténébreux grandiose qui pour des siècles doit courir les mers, poursuivi par son châtiment !

Émacié et barbu comme un nouveau Yokanaan,

coiffé d'un suroît de marin, enveloppé d'un long manteau spectral et chaussé de hautes bottes de forban, le Hollandais qui ne peut pas mourir et traîne derrière lui son équipage de fantômes aux visages verdis est bien le héros le plus hallucinant pour le salut duquel une fille puisse se sacrifier.

Je ne suis pas loin de croire que cette figure fantastique — trop grande pour que j'aie même osé vouloir lui ressembler — entre pour quelque chose dans l'idée romantique que j'ai toujours eue du salut par l'amour et dans l'attrait magique qu'a exercé sur moi — jusqu'à ce que j'aie fait effectivement un lent et lointain voyage — la notion de vagabondage, d'impossibilité de se fixer et, plus précisément, de s'installer en un point particulier de l'espace où l'on est pourvu matériellement et sentimentalement au lieu d'errer de mer en mer.

Lorsque — il y a maintenant plus de deux ans — j'ai traversé l'Afrique, il m'est arrivé maintes fois de songer au « maudit famélique » avec lequel j'étais tenté — pour peu que les circonstances se prêtassent à une certaine exaltation mythique — de plus ou moins m'identifier.

NARCISSE

Le seul rôle parfaitement anodin qu'à ma connaissance ait joué Tante Lise est celui de la brave campagnarde Toinette dans *Le Chemineau*, la pure et simple cochonnerie du compositeur Xavier Leroux (à longues moustaches tziganes comme mon directeur d'école alsacien) et du « poète » Jean Richepin. Encore le hasard veut-il que je l'aie vu jouer à peu près en même temps qu'un drame lyrique intitulé *La Vendetta* (dont je ne me rappelle rien mais dont le titre est un programme) dans lequel elle chantait également.

Ce dernier spectacle était complété par un ballet intitulé *Narkiss,* qui fit scandale à l'époque, pour des raisons de mœurs. C'était une affabulation dans le goût « ballets russes » du mythe de Narcisse, d'après un conte de Jean Lorrain. On y voyait de vastes défilés d'hommes à peu près nus, aux pectoraux bulbeux et le prince égyptien Narkiss, beau garçon vêtu seulement de poudre d'or et d'un cache-sexe. Je me rappelle aussi qu'il y avait un homme dans une tenue analogue mais revêtu de couleur verte, et surtout une Africaine du Nord au torse entièrement dévêtu, dont je pouvais regarder à loisir les pointes de seins et le nombril, ce que je n'avais jamais pu faire sur aucune femme, autrement que d'une façon fragmentaire et dérobée.

Je regrettai beaucoup à cette époque (et surtout m'en inquiétai beaucoup, car cette suppression me donnait à penser qu'il y avait là quelque chose d'incompréhensible et de louche) qu'une scène eût été coupée ; d'autant plus que le récit en figurait dans le programme. Au dernier tableau, on devait voir le prince au corps doré Narkiss, attiré vers un étang pestilentiel par la danseuse au torse nu (sorte d'ensorceleuse lascive moitié démon et moitié libellule), se mirer dans cet étang et, séduit par son propre reflet, y pénétrer jusqu'aux épaules ; au moment où sa tête seule émergeait, la femme devait venir la cueillir, et emporter cette tête coupée comme elle eût fait d'une fleur.

Outre que je fus troublé par ce scénario que tout concourait à me faire tenir pour le *mal,* avec tout le charme qu'une telle idée comportait, j'entendis dans la salle deux personnages en habit — très grands, très athlétiques — échanger en sortant la réflexion suivante sur l'acteur qui jouait le rôle de Narcisse : « Il est beau, mais pas tout à fait assez musclé. » D'après leur allure, je vois très bien, maintenant, que ces gens étaient simplement des homosexuels. A cette époque, ignorant même ce qu'est l'homosexualité, je les baptisai des « esthètes ». Mais je fus longtemps hanté par l'idée qu'il y avait là quelque chose de *pervers*, et je pris conscience de l'existence de tout un monde à côté, d'un domaine défendu, taboué, « érotique », ainsi que me le prouvait cette scène que des raisons mystérieuses avaient fait censurer.

Profondément aussi, j'étais bouleversé par l'idée qu'il existait des hommes asexués, en somme des « châtrés » (me semblait-il) analogues aux eunuques qui figuraient parmi les personnages du ballet. Joint à l'image, très douce mais un peu impressionnante, de Tante Lise, cela contribuait à me faire envisager l'amour comme quelque chose de menaçant et de fatal, où l'on risque de laisser sa vie, d'une manière comparable à celle dont se perdit Holopherne au cours d'un trop galant souper.

Récapitulant et rapprochant entre eux les rôles de Tante Lise, je constate — non sans un certain étonnement amusé — que cette belle et bonne fille si paisible, de caractère si bourgeois et si rangé, apparut à mes yeux d'enfant guère autrement que comme une mangeuse d'hommes.

Plutôt que l'avaleuse de sabres, je regrette que ce ne soit pas elle qui ait été mariée avec mon oncle l'acrobate.

V

LA TÊTE D'HOLOPHERNE

Alors, entraînés par un charme, quand nous croyions ne l'être que par la beauté des lieux, nous parvînmes jusque dans un péristyle qui était à l'entrée du palais ; mais nous y étions à peine, que le marbre sur lequel nous marchions, solide en apparence, s'écarte et fond sous nos pas : une chute imprévue nous précipite sous le mouvement d'une roue armée de fers tranchants qui séparent en un clin d'œil toutes les parties de notre corps les unes des autres, et ce qu'il y eut de plus étonnant, c'est que la mort ne suivit pas une aussi étrange dissolution.

Entraînées par leur propre poids, les parties de notre corps tombèrent dans une fosse profonde, et s'y confondirent dans une multitude de membres entassés. Nos têtes roulèrent comme des boules. Ce mouvement extraordinaire ayant achevé d'étourdir le peu de raison qu'une aventure aussi surnaturelle m'avait laissée, je n'ouvris les yeux qu'au bout de quelque temps, et je vis que ma tête était rangée sur des gradins à côté et vis-à-vis de huit cents autres têtes des deux sexes, de tout âge et de tout coloris. Elles avaient conservé l'action des yeux et de la langue, et surtout un mouvement dans les mâchoires qui les faisait bâiller presque continuellement.

(Cazotte, cité par Gérard de Nerval
dans *Les Illuminés*.)

Un des souvenirs les plus lointains que j'aie gardés est celui qui se rapporte à la scène suivante : j'ai sept ou huit ans et je suis à l'école mixte ; sur le même banc que moi se trouve une fillette en robe de velours gris, aux longs cheveux bouclés et blonds ; elle et moi, nous étudions ensemble une leçon, dans le même livre d'*Histoire sainte*, posé sur la grande table de bois noir. Je perçois encore assez nettement l'image qu'à ce moment nous regardions : il s'agissait du sacrifice d'Abraham ; au-dessus d'un enfant agenouillé, les mains jointes et la gorge tendue, le bras du patriarche se dressait, armé d'un énorme couteau, et le vieillard levait les yeux au ciel sans ironie, cherchant l'approbation du dieu méchant auquel il offrait son fils en holocauste.

Cette gravure — assez pauvre ornement d'une des pages d'un livre de jeunesse — m'a laissé une impression ineffaçable, et divers autres souvenirs gravitent autour. D'autres légendes d'abord, lues dans des manuels d'histoire ou de mythologie, tel le mythe de Prométhée au foie rongé par un vautour, ou l'anecdote de l'enfant spartiate qui avait dérobé un renard, l'avait caché sous sa tunique et, bien que la bête lui mordît cruellement la poitrine, ne disait rien, aimant mieux souffrir mille morts que révéler son larcin. Des rêves ensuite, les premiers que je me rappelle avoir faits : une fois, je me trouve dans un bois, vraisemblablement au centre d'une clairière ; tout est vert autour de moi et l'herbe est sans doute parsemée de coquelicots, de marguerites ; soudain un loup surgit, gueule béante, se jette sur moi — avec ses oreilles pointues, ses yeux brillants, sa grande langue rose humide pendant entre ses dents blanches — et me dévore. Une autre fois, c'est un cheval de fiacre qui me mange, et c'est encore pour moi un souvenir pénible que celui de la vieille guimbarde peinte en jaune et noir canné, lavée de pluie, conduite par un cocher sordide coiffé d'un antique haut-de-forme de cuir blanc. Puis ce sont d'autres images du même livre d'*Histoire sainte* : la mer Rouge engloutissant l'armée de Pharaon, les supplices infligés aux Macchabées par Antiochus roi de Syrie, le frère de Judas Macchabée mourant écrasé sous l'éléphant qu'il vient de poignarder, Moïse et le buisson ardent.

Ces différents souvenirs s'associent pour moi à la menace que me fit un jour mon frère aîné de m'opérer de l'appendicite à l'aide d'un tire-bouchon, ainsi qu'à celle que m'avait faite une fois un camarade de classe, avec qui je m'étais querellé, de me faire fendre le crâne à coups de hache par son père ; ils se rattachent aussi au sentiment désagréable que m'a laissé un accident survenu à un garçon du même âge que moi, qui s'était fait une coupure profonde au poignet et portait un très gros pansement sous la blancheur duquel j'imaginais le poignet sanguinolent et presque complètement tranché, la main à peu près détachée de l'avant-bras. Viennent alors, par ondes de plus en plus larges et vagues, des souvenirs d'événements variés, tels que bruit d'une rixe entendue un soir que je sortais avec mes parents de chez un oncle habitant un quartier mal famé, ou cris épouvantables poussés par une femme que venait de broyer le métro, à l'une des stations les plus sinistres d'une des lignes aériennes qui desservent les boulevards extérieurs.

Entièrement dominée par ces effrois d'enfance, ma vie m'apparaît analogue à celle d'un peuple perpétuellement en proie à des terreurs superstitieuses et placé sous la coupe de mystères sombres et cruels. L'homme est un loup pour l'homme, et les animaux ne sont bons qu'à vous manger ou à être mangés. Il est possible que cette façon panique de voir les choses soit en liaison avec divers souvenirs que j'ai, relativement à des *hommes blessés*.

GORGE COUPÉE

Agé de cinq ou six ans, je fus victime d'une agression. Je veux dire que je subis dans la gorge une opération qui consista à m'enlever des végétations ; l'intervention eut lieu d'une manière très brutale, sans que je fusse anesthésié. Mes parents avaient d'abord commis la faute de m'emmener chez le chirurgien sans me dire où ils me conduisaient. Si mes souvenirs sont justes, je m'imaginais que nous allions au cirque ; j'étais donc très loin de prévoir le tour sinistre que me réservaient le vieux médecin de la famille, qui assistait le chirurgien, et ce dernier lui-même. Cela se déroula, point pour point, ainsi qu'un coup monté et j'eus le sentiment qu'on m'avait attiré dans un abominable guet-apens. Voici comment les choses se passèrent : laissant mes parents dans le salon d'attente, le vieux médecin m'amena jusqu'au chirurgien, qui se tenait dans une autre pièce en grande barbe noire et blouse blanche (telle est, du moins, l'image d'ogre que j'en ai gardée) ; j'aperçus des instruments tranchants et, sans doute, eus-je l'air effrayé car, me prenant sur ses genoux, le vieux médecin dit pour me rassurer : « Viens, mon petit coco ! On va jouer à faire la cuisine. » A partir de ce moment je ne me souviens de rien, sinon de l'attaque soudaine du chirurgien qui plongea un outil dans ma gorge, de la douleur que je ressentis et du cri de bête qu'on éventre que je poussai. Ma mère, qui m'entendit d'à côté, fut effarée.

Dans le fiacre qui nous ramena je ne dis pas un mot ; le choc avait été si violent que pendant vingt-quatre heures il fut impossible de m'arracher une parole ; ma mère, complètement désorientée, se demandait si je n'étais pas devenu muet. Tout ce que je me rappelle de la période qui suivit immédiatement l'opération, c'est le retour en fiacre, les vaines tentatives de mes parents pour me faire parler puis, à la maison : ma mère me tenant dans ses bras devant la cheminée du salon, les sorbets qu'on me faisait avaler, le sang qu'à diverses reprises je dégurgitai et qui se confondait pour moi avec la couleur fraise des sorbets.

Ce souvenir est, je crois, le plus pénible de mes souvenirs d'enfance. Non seulement je ne comprenais pas que l'on m'eût fait si mal, mais j'avais la notion d'une duperie, d'un piège, d'une perfidie atroce de la part des adultes, qui ne m'avaient amadoué que pour se livrer sur ma personne à la plus sauvage agression. Toute ma représentation de la vie en est restée marquée : le monde, plein de chausse-trapes, n'est qu'une vaste prison ou salle de chirurgie ; je ne suis sur terre que pour devenir chair à médecins, chair à canons, chair à cercueil ; comme la promesse fallacieuse de m'emmener au cirque ou de jouer à faire la cuisine, tout ce qui peut m'arriver d'agréable en attendant n'est qu'un leurre, une façon de me dorer la pilule pour me conduire plus sûrement à l'abattoir où, tôt ou tard, je dois être mené.

SEXE ENFLAMMÉ

Peu de mois (ou d'années) après, je fus atteint d'une affection qui n'était autre, je crois, que la maladie connue sous le nom de *balanite* et qui, selon le dictionnaire médical de Littré, consiste en une « inflammation de la membrane muqueuse qui revêt le gland ». On me traita au moyen de bains locaux dans une solution de permanganate de potassium ; je me rappelle assez nettement mon amusement à observer la solution, dont la couleur violacée variait d'intensité selon le degré de sa concentration. J'éprouvais une légère sensation de cuisson dont je ne saurais dire si elle était agréable ou désagréable, mais ma peur était grande à la vue de mon membre gonflé. Comme j'avais, par ailleurs, congénitalement tendance au phimosis (ce qui me fut plus tard une grande source de honte, quand je comparais mon membre à celui des autres garçons) il fut à cette époque question de me circoncire, mais on n'eut pas besoin, en fin de compte, d'une telle intervention.

Je suis incapable de distinguer de mes premières érections cette turgescence maladive et je crois qu'au début l'érection me fit peur, parce que je la prenais pour un retour offensif de la maladie. Certes, mon mal n'avait pas été sans me donner quelque plaisir, à cause de l'hypersensibilité qu'il me procurait, mais je savais qu'il s'agissait de quelque chose de mauvais et d'anormal, puisqu'on m'en soignait.

Les premières manifestations conscientes de ma vie érotique sont donc placées sous le signe du *néfaste* et le malaise dont je souffris alors doit être pour beaucoup dans l'appréhension que j'ai longtemps eue de l'amour physique et dans ma crainte des maladies vénériennes. Longtemps j'ai cru, par exemple, que la perte de la virginité pour l'homme ne pouvait se produire qu'avec douleur et effusion sanglante ainsi qu'il en est pour la femme ; étant donné ma structure, il me semblait que dans mon cas ce serait pire que pour quiconque. D'autre part, mon frère aîné, sous prétexte de me mettre en garde contre les dangers dont tout adolescent est menacé, m'avait un jour parlé d'un certain petit garçon qui, pour avoir couché, âgé de douze ou treize ans, avec sa « rosse de bonne », était (disait mon frère) devenu pour la vie infirme, ce qui l'avait bien puni de ces amours précoces. Il n'en fallut pas plus pour que le coït m'apparût comme un acte, non seulement coupable si l'on s'y livre trop tôt, mais éminemment dangereux.

PIED BLESSÉ, FESSE MORDUE, TÊTE OUVERTE

A cette localité de banlieue dont j'ai parlé plus haut et qui fut le théâtre de certains des faits les plus marquants de mon enfance, se rattachent deux ou trois souvenirs de blessure.

Ainsi qu'il est fréquent à l'âge que j'avais alors, j'étais lancé en pleine fantasmagorie héroïque et napoléonienne. L'on m'avait emmené visiter le Palais de Versailles et ce qui m'y avait le plus frappé, en dehors de la célèbre « Prise de la smalah d'Abdel el-Kader », c'était un tableau très fameux représentant « Napoléon blessé à Ratisbonne ». Souvent, dans mes jeux, je reconstituais la scène : coiffé d'un bicorne de papier, à califourchon sur une bête à roulettes et à longs poils qui devait représenter une chèvre mais que je tenais pour un âne et nommais « Mirliflore », je tendais vers le sol un de mes pieds déchaussés (ainsi que je l'avais vu faire sur la toile à Napoléon, du haut de son cheval) comme si, surmontant la souffrance, et la lèvre seulement boursouflée d'une moue dédaigneuse, j'attendais avec calme qu'on pansât ma blessure. Je mimais cela dans le jardin, sur l'allée caillouteuse qui cernait la pelouse, et j'éprouvais à dénuder mon pied tout près de la poussière et du gravier, la même énigmatique et troublante sensation que j'éprouvais, presque au même lieu et à la même époque, en voyant des enfants grimper pieds nus aux arbres.

Cette même moue de dédain — que ma mère appelait ma « lippe » et qui me semblait être le comble de l'expression virile — je la prenais aussi lorsque je revêtais le costume de toréador hérité de mon frère aîné, qui l'avait porté à l'occasion d'un bal masqué ; une pèlerine à capuchon négligemment jetée sur une épaule, je paradais, tenant en main une épée à poignée de nacre, et je jouais sérieusement mon rôle de *torero* enveloppé dans sa cape.

Un de mes cousins, dont les parents occupaient une villa proche de la nôtre, fut un jour mordu par un chien. Détail qui me fit frissonner, on raconta que la morsure avait été si profonde « qu'un morceau de fesse était resté dans le caleçon ». Je ne puis songer à ce cousin — qui fut depuis tué à la guerre — sans me le remémorer tel qu'il était quand arriva cette histoire : un garçon bien portant et gras, dont les parents étaient très fiers car il représentait à un certain point de vue l'idéal de la beauté et de la santé, et dont les mollets faisaient l'admiration de presque toutes les personnes de la famille, excepté ma mère qui le déclarait un « gros pâté », trouvant ses fils « plus fins ».

La villa qu'on nous louait pour la durée de l'été n'avait pas l'eau courante et tous les jours il fallait aller en corvée à la pompe, munis de brocs, de seaux et autres récipients. Un jour que j'en revenais avec ma sœur et la femme de ménage, nous fûmes témoins d'un accident. Un jeune garçon boucher qui descendait une côte, lancé à fond de train sur son vélo, dérapa ou prit mal son tournant : il s'en alla donner en plein dans l'arche du pont du chemin de fer et retomba à la renverse, le front ouvert, les bras en croix (?), sa bicyclette tordue affalée près de lui. Instantanément, ma sœur vint au blessé, lava le sang qui coulait de son front avec un peu de l'eau que nous rapportions, s'empressa jusqu'à ce qu'il fût revenu à lui. « On aurait dit une sainte », dit plus tard la femme de ménage, parlant du dévouement de ma sœur avec admiration.

Cette scène m'a fait une vive impression : la soudaineté de l'accident, la bicyclette se cabrant comme si elle allait escalader le pont, puis retombant toute percluse, le garçon inanimé en bleu ciel et blanc comme sont les bouchers, et du sang rouge maculant sa tête, et ma sœur penchée tendrement sur lui pour nettoyer la plaie. Il me semblait que, comme le disait la femme de ménage, ma sœur était bien une « sainte » et qu'elle avait fait là, soignant ce garçon blessé, quelque chose de très au-dessus de son âge, de très moral en même temps que peut-être un peu osé, qui la faisait passer d'emblée de la catégorie des jeunes filles à la catégorie des femmes.

CAUCHEMARS

Très jeune, alors que je n'avais pas encore été jugé digne d'aller à l'Opéra, l'on m'avait emmené à des matinées organisées par un petit « Cercle Artistique » dont mon père faisait partie, en qualité de trésorier, je crois. Les séances se déroulaient soit à la mairie de

notre arrondissement, soit — pour les plus solen-
nelles — dans la grande salle des fêtes du Palais du
Trocadéro, hier encore salle du Théâtre Populaire.
Lieu funèbre s'il en fut : l'immense vaisseau poussiéreux et glacial, les grandes orgues en stalagmites
bêtes du fond de l'estrade, l'écho qui faisait de cet
endroit l'un des plus détestables de Paris au point de
vue acoustique, l'odeur de vieilles gens et de bouquets de buis, la brocante municipale des loges en
luxe d'épaulettes ou de revers de redingote, et tout le
côté comices agricoles, fête de bienfaisance avec ker-
messe et orphéon. J'y suis retourné plusieurs fois : à
douze et à treize ans pour des distributions de prix
(dont le palmarès paraissait le soir même en résumé
dans *Le Temps*, ce qui nous valait, à mes parents et à
moi, le grand plaisir de voir mon nom imprimé dans
le journal), beaucoup plus tard en diverses occasions :
gala de danse d'Isadora Duncan (que je m'imaginais
trouver sublime), première visite à Paris de Charlie
Chaplin, etc. Qu'il s'agisse des réunions du Cercle
Artistique, de la distribution des prix de Janson-de-
Sailly, de danses académiques ou de Charlot en habit
noir flegmatique s'exhibant aux côtés de Cécile Sorel
rubiconde et empanachée, cette salle m'a toujours
fait froid dans le dos, avec son allure à la fois misérable et officielle, genre Morgue, salle des mariages,
hôtel des ventes plein de meubles saisis. La dernière
vision que j'en eus, c'est lors de sa démolition, et le
vaste espace tout jonché de décombres, privé de plancher et de fauteuils (ce qui mettait à nu la charpente
métallique) lui donnait des allures de parlement
après une révolution ou un tremblement de terre, de
vieille carcasse échouée, paquebot ou monstre
marin ; puis, lorsque tout l'intérieur eut été détruit et
que la coupole même se fut effondrée, cela devint
une ruine romaine, un cirque à la muraille percée de

fenêtres mauresques avec, dans un local attenant, la statue de la Renommée affalée dans un coin comme une bête qui vient d'être estoquée et, tout en haut, des tentures déchiquetées dans lesquelles le vent s'engouffrait. Maquillé en arènes croulantes, on peut dire qu'à ce moment le théâtre du Trocadéro a été vraiment beau.

En ce qui concerne le Cercle Artistique, ses programmes s'accordaient bien avec l'ambiance funéraire de cette salle. Parmi les numéros présentés, il y en avait deux qui faisaient ma terreur.

D'abord, les exhibitions des « Secouristes français », société de secours aux accidentés de la rue. Cette organisation comptait parmi ses membres les plus éminents un hobereau plus ou moins polonais qui présidait ledit cercle artistique, d'où la conjonction des deux groupements. Les démonstrations d'assistance aux malades ou blessés s'effectuaient généralement de la façon suivante : un homme avec canne et chapeau entrait en scène, marchant d'un pas rapide ; parvenu à peu près au milieu de l'estrade, il s'écroulait brusquement ; deux « secouristes » en tenue de ville mais portant un brassard bleu et rouge (aux couleurs de la ville de Paris) se précipitaient alors ; en un tournemain, ils avaient relevé l'accidenté et l'emportaient vers la coulisse, mettant en œuvre des moyens variables suivant les cas : portage à bras, portage à l'aide de cannes formant brancard, voire transport à deux bicyclettes avec dispositif entre les deux pour faire civière.

Dès le moment où le personnage apparaissait sur l'estrade, je prévoyais sa chute (sachant, par l'expérience des précédentes séances, comment le cérémonial se déroulait) et c'était l'attente de cette chute qui le plus m'angoissait. Je ne sais si le malaise qui me frappait alors, et d'autres impressions du même ordre ressenties plus tard, doivent se rattacher à une commune et très ancienne racine (à laquelle se relierait aussi, par exemple, mon émoi à la vue de ces enfants pauvres se hissant à des arbres au risque d'écorcher leurs pieds nus ou de tomber) mais j'ai toujours réagi par le même louche mélange de peur et de pitié devant tout ce qui relève du *fait divers*, expression triviale de la fatalité. Je suis épouvanté, notamment, par les accidents de la rue, surtout les accidents — ou rixes — qui surviennent l'été (lorsqu'il fait beau et chaud, que les gens sont en sueur, les femmes en robes légères, bras nus ou décolletées) ou encore les jours de fête, lors des vacances, ou le dimanche (quand la foule revient de se promener), bref tout ce qu'on appelle « Noël sanglante », « 14 juillet qui finit mal », « baignade tragique » ; les joies qui tournent à l'aigre (comme les trop grands rires d'enfance qui mènent forcément aux larmes, ou les périodes d'optimisme trop marqué dont l'inéluctable conclusion est un plongeon vertigineux dans le cafard), tout ce qui fait figure de « coup de tonnerre dans un ciel serein », d'apparition spectrale à la fin d'un banquet, de malheur surgissant alors que tout semblait si calme, telle la guerre éclatant en pleine prospérité ou la police chargeant une foule paisible, au moment le plus inattendu.

Quand je suis dans la rue, jamais je ne me mêle à un rassemblement ; la vue du sang humain, étalé au grand jour, me terrifie.

En écrivant ces lignes je me rappelle une chose sordide aperçue récemment, à proximité d'un hôpital devant lequel je passais en tramway : le pied blessé (nu, sale, et suintant des groseilles en plein soleil) d'un ouvrier que deux camarades soutenaient, l'emmenant du chantier où l'accident venait d'arriver. J'imaginais cet ouvrier rentrant chez lui, les réflexions de ses voisins, l'air interdit de ses enfants, les gestes et exclamations affolées de sa femme ; une journée qui peut-être s'annonçait si bien, et cet accident lamentable ! Ainsi va la vie : un jour, ma femme à moi aussi me regardera de ses yeux consternés ; je souffrirai d'un cancer ou bien je serai estropié. Rien à faire ! Je perdrai toute tenue, je me dégonflerai, sans compter les mille petites misères qui fondent sur les malades et sur les morts : faire sur un bassin, ne plus dominer son sphincter, sentir mauvais, se liquéfier.

Si le temps est très beau, il advient que j'en sois légèrement angoissé : c'est mauvais signe qu'il fasse si beau, quel saumâtre événement cela peut-il bien présager ? De même, si je prends un plaisir quel qu'il soit, je suppute les chances que j'ai d'être mis en demeure, dans un avenir très proche, de le payer, et au centuple encore ! car le sort n'est qu'un usurier.

Outre ces répétitions de secours à des accidentés, il y avait un autre numéro, presque aussi abhorré : une femme entre deux âges et corpulente qui disait des vers, drapée — si je me souviens bien — dans une robe à l'antique ; je l'imagine même coiffée d'un bonnet phrygien, monumentale République. Parmi les poèmes qu'elle récitait, il y en avait un intitulé « Les Cauchemars » ; c'est le seul dont j'aie gardé quelque souvenir :

> ... La nuit, quand tout commence à s'endormir,
> Les cauchemars sont là !

Suivait une description de ces êtres terribles que sont les cauchemars, créatures tapies dans les coins comme de hideux infirmes.

Déclamant des choses effrayantes d'une voix aussi caverneuse que possible, imposante par sa stature et par sa robe aux plis rigides, cette femme était pour moi la vivante personnification du cauchemar, de ce cauchemar dont j'avais si peur et que j'identifiais plus ou moins avec le ronflement de mon père, souffle rauque entendu parfois la nuit, bruit sinistre qui me semblait venir directement d'outre-tombe et que je confonds maintenant avec le râle de son agonie.

Cette voix grave de femme, qui ressemblait elle-même si fort à un ronflement, je l'écoutais en sachant d'avance que je l'entendrais encore au moment de m'endormir et que j'aurais toutes les peines du monde à l'empêcher de me susciter de lugubres visions qui, si elles ne se matérialisaient pas en rêves pour troubler mon sommeil, me hanteraient du moins longtemps avant que je pusse m'assoupir, en proie à la panique, le corps recroquevillé ou tout en sueur.

MON FRÈRE ENNEMI

Mon frère aîné, qu'on disait doué pour le dessin, étudiait aux Arts Décoratifs. Aux yeux de mon autre frère et aux miens, c'était l'homme du Quartier Latin, celui qui côtoyait des bohèmes, pouvait s'asseoir à des terrasses de cafés, avait le privilège de voir et même de parler à des femmes nues puisque dans les ateliers où il travaillait il y avait des modèles ; d'autre part, c'est lui qui nous avait révélé l'existence du « portel ».

Mon autre frère et moi étions généralement ligués contre ce frère aîné, non seulement pour des raisons d'âge, mais parce que nous nous accordions mieux quant aux goûts et quant au caractère. Nous nous faisions la même idée mystique de l'amour — que nous ne concevions que sous la forme d'un amour unique, but et substance de toute une vie — et professions le même dégoût pour ces êtres volages que représentaient les « noceurs ». Notre éducation avait contribué largement à la formation de cet état d'esprit ; je me rappelle, par exemple, ce que mes parents disaient du théâtre d'Henri Bataille, tenu pour foncièrement immoral, en tout cas « pas pour les jeunes filles », à tel point qu'on en arrivait presque à répartir ces dernières en deux catégories : celles que leurs parents emmenaient aux pièces d'Henri Bataille, c'est-à-dire les jeunes filles « modernes » (épithète nettement péjorative), et celles qu'on n'y emmenait pas.

Sans rentrer tout à fait dans la classe des « noceurs » — car le pauvre garçon était de mœurs trop paisibles et doté de trop piètres moyens pécuniaires et vestimentaires pour que nous songions à l'annexer à une caste que nous imaginions si brillante — notre frère aîné était rangé par nous du côté du libertinage, à cause de son métier d'artiste, de ses fréquentations et surtout de son contact avec des modèles. Très fort, et de tempérament très sanguin, il était glouton, taquin et rageur. Outre la menace qu'il m'avait faite de « m'opérer de l'appendicite avec un tire-bouchon » (opération qu'il avait lui-même subie, mais dans les conditions normales), il avait parlé une fois de me « faire manger de la soupe aux boutons ». A cette époque, l'un des potages dont on usait le plus communément à la maison était du bouillon additionné de pâtes de formes variées, simulant les unes des étoiles, les autres des lettres de l'alphabet ; j'imaginais des boutons de nacre flottant dans le bouillon à la place de ces pâtes et mon dégoût était si grand que, même aujourd'hui, je ne puis voir un bouton de chemise ou de caleçon sans l'imaginer dans ma bouche et frôler la nausée. Une autre taquinerie consista, un peu plus tard, à me réciter seul à seul des poésies très tristes avec une voix mouillée, en me regardant dans les yeux, jusqu'à ce que j'eusse demandé grâce ou me fusse mis à pleurer. J'ajoute qu'ayant appris de ma propre bouche que je me livrais au plaisir solitaire (confidence que je lui avais faite, comme à mon autre frère, dans une intention naïve de propagande), il avait dit qu'il me dénoncerait à mon père ; je doute qu'il l'ait fait réellement, mais je me rappelle ma confusion, le soir de ce jour, lorsque mon père rentra de la Bourse — coiffé du haut-de-forme à bords plats qu'il affectionnait particulièrement — et qu'à chaque regard qu'il me lança ensuite dans le courant de la soirée je crus qu'il m'examinait avec suspicion, cherchant à découvrir sur mon visage des stigmates confirmateurs de la dénonciation.

Pour ce qui est de ses colères, je me rappelle l'avoir vu, alors que nous étions tous trois encore très jeunes, jeter un lourd candélabre de métal à la tête de mon autre frère, en l'accusant d'avoir triché aux cartes ; ce candélabre, dont une branche est restée faussée, orne encore la cheminée du salon de ma mère. Une autre fois, pour je ne sais quel motif, il se battit avec mon père ; tous deux roulèrent sur le tapis du salon ; c'était pendant le dîner et j'ai gardé l'image d'une bouteille brandie, au grand effroi de ma mère, par l'un ou l'autre des combattants. Mes parents s'inquiétaient de ces emportements ; ils supputaient toujours les drames qui pourraient en découler : coups et blessures, voire meurtre, un jour que mon frère aîné aurait « vu rouge » ; gifle à un supérieur, quand il serait au régiment, ce qui entraînerait le conseil de guerre. Bien entendu, ainsi qu'il en est presque toujours de ces craintes de parents, elles s'avérèrent parfaitement vaines : mon frère aîné est aujourd'hui un bon bourgeois rangé, père d'une ribambelle d'enfants.

Ce frère aîné je l'ai toujours obscurément haï, à cause de sa force d'abord et, aujourd'hui, à cause de sa vulgarité. Il est pour moi le type achevé du *philistin* ; non qu'il soit tout à fait insensible car il a toujours eu — à l'instar de mon père — certains goûts artistiques et littéraires (c'est, notamment, dans des livres à lui que j'ai lu pour la première fois des poèmes de Baudelaire et de Verlaine), non qu'il soit absolument dénué d'humanité (il s'est refusé à faire la guerre 1914-1918 autrement que comme brancardier), mais à cause de son côté timoré, pantouflard, sentimental sans passion, déiste sans mysticisme, bienpensant sans fanatisme. Il m'est difficile d'imaginer ce qu'il aurait pu faire d'autre qu'être le père d'une demi-douzaine d'enfants. Je ne puis supporter sa pipe, son gros visage à grosse moustache et l'impression qu'il donne de complète sécurité.

Je saisirais mal aujourd'hui ce qui pouvait, mon autre frère et moi, nous le faire classer du côté des « noceurs » si je n'en découvrais cette raison très simple qu'il était notre aîné, qu'il connaissait le bordel, bref qu'il était déjà un *initié* alors que nous n'étions encore que des enfants. Une large part de notre antagonisme devait reposer là-dessus et, sans doute, il s'agissait en premier lieu d'une révolte contre les prérogatives du plus puissant.

Quand nous nous entendions bien avec lui, mon frère aîné nous entraînait dans plus d'une équipée : je me rappelle, lors d'un séjour d'été sur une plage anglaise, une promenade au cours de laquelle nous faillîmes nous enliser, ayant pris au plus court pour traverser une baie ; — lors de vacances de Pâques, l'escalade que nous fîmes du Mont-Saint-Michel par son côté le plus abrupt et boisé ; — au début de la guerre, à Biarritz, l'écœurante ascension de la crête d'un rocher presque entièrement entouré par les vagues (au milieu de l'affaire j'avais voulu renoncer, mais mon frère m'avait ironiquement engagé à revenir tout seul, de sorte que j'avais encore préféré continuer) ; — près de Biarritz également, la descente en course folle (rebondissant d'arbre en arbre, d'aspérité en aspérité) que nous fîmes d'une colline que nous avions bien mis une bonne heure à monter. En cette même plage anglaise — bondée le dimanche d'une foule déversée par chars à bancs et chemin de fer et saoule le soir au point de danser parfois en vastes bandes, coiffures de dames et de messieurs échangées — mon frère, me bousculant, m'avait fait choir dans des fils de fer barbelés (et mes mollets en furent cruellement lacérés) à la suite de je ne sais quelle discussion à propos d'une servante de l'hôtel dont il s'était amouraché et peu après — ce dont je fus très honteux — que nous eûmes croisé une fraîche girl à béret dont la vue m'avait fait rougir, autant dire, jusqu'à la pointe des souliers.

Deux accidents, pour autant qu'il m'en souvienne, arrivèrent à ce frère aîné — l'un dont je ne sais même pas, tant j'étais alors jeune, si j'en ai le souvenir réel ou si je reconstitue la scène d'après ce qu'on m'en a raconté —, l'autre qui survint alors que je devais avoir une dizaine d'années.

Un soir que notre sœur surveillait notre coucher, mon frère, debout sur son lit et prenant pour tremplin le sommier, improvisa pour la narguer une sorte de danse, succession de gambades effrénées. Cela se passait juste au moment où ma sœur lui présentait le pot de chambre. Un bond plus violent que les autres et mon frère, perdant l'équilibre, s'effondra en plein sur le vase qui éclata en mille morceaux sur le plancher. Il se releva la tête toute mouillée d'urine. Le palpant dans la demi-obscurité, ma sœur sentit l'humidité de sa tête. Prenant cela pour du sang, elle crut qu'il s'était grièvement blessé. Sa peur fut d'autant plus grande que mon frère, paraît-il, ne faisait rien pour la détromper ; peut-être avait-il trouvé là l'occasion d'une bonne taquinerie, peut-être la violence du choc l'avait-elle quelque peu assommé ?

Alors qu'il étudiait aux Arts Décoratifs, mon frère revint un jour dans un curieux état : l'une de ses mains était bandée ; sa face était rouge et hilare ; en proie à une étrange surexcitation, il ne cessait de chanter :

> Ils sont dans les vignes, les moineaux !
> Ils sont dans les vignes !

tournant autour de la table de la salle à manger sans qu'on pût l'arrêter. Ma mère se demandait ce qu'il avait. Ce ne fut qu'au bout d'un certain temps qu'il se décida à faire des aveux, qui donnèrent à ma mère la clef de la situation : un de ses camarades d'atelier — garçon de notre quartier qui avait autrefois fréquenté le même gymnase sinon la même école que nous, passait aux yeux de ma mère pour original de caractère, si ce n'est un peu fou et avait, selon mon frère, tenté une fois de « violer » un jeune élève de l'atelier (opération dont j'imaginais alors très mal le mécanisme, ne sachant pas ce qu'est la sodomie) — un de ses camarades, dis-je, qui jouait à la carotte — lançant son couteau d'un geste bref pour le planter dans le bois d'une table — avait atteint malencontreusement mon frère dont la main s'était, par hasard, trouvée sur la trajectoire ; le blessé avait absorbé le contenu entier d'un carafon de rhum en guise de cordial et cela l'avait saoulé — première fois que telle chose arrivait à mon frère, et pour laquelle il avait fallu le prétexte d'une paume à peu près transpercée. La blessure n'était pas grave mais, au dire du pharmacien qui l'avait pansé, c'était pour mon frère une vraie chance que de s'en tirer autrement qu'avec une main paralysée.

MON FRÈRE AMI

Je n'en finirais pas si je voulais énumérer toutes les histoires de blessures dont est parsemée mon enfance, arrivées tantôt à moi, tantôt à l'un ou l'autre de mes frères : sucre d'orge affilé comme un poignard et piqué dans un genou parce qu'on est tombé ayant couru, œil poché à grand coup d'une balle bourrée de son, profonde coupure au doigt que le canif a entamé en place du crayon, bosse au front qu'il est d'usage de traiter au moyen de teinture d'arnica ou par l'application d'un corps froid tel qu'une pièce de deux sous, divers et menus accidents qui font dire aux parents ou aux aînés, si l'on n'a pas été sage : « C'est le bon Dieu qui t'a puni ! »

J'ai toujours été assez peu turbulent, encore moins batailleur, en général plutôt craintif, maussade, criailleur. Guère besoin de me recommander : « Ne caresse pas les chiens dans la rue ! » « Ne joue pas avec les allumettes ! » ou « Regarde bien avant de traverser ! » J'avais beaucoup trop peur d'être mordu, brûlé ou écrasé. Aujourd'hui, je ne suis pas plus sportif et le seul exercice que j'aime est la promenade à pied (longue randonnée à travers la campagne ou marche sombre dans les rues de Paris, quand on se sent envie de se cacher). Les anecdotes que je raconte ici ne représentent pourtant pas pour moi quelque chose de vraiment marquant ou de vraiment exceptionnel ; je les rassemble simplement parce qu'elles me viennent à l'esprit à propos de cette idée de *blessure*, — blessure infligée à un homme avec lequel je m'identifie (s'il ne s'agit pas déjà de moi-même) ou qui me touche de très près, m'est lié — en sympathie ou animosité, en positif ou négatif — par un rapport particulier. Les trois qui suivent ont peut-être quelque importance, en tant qu'elles caracté-risent certaines de mes façons de réagir. Les deux premières se rapportent à mon second frère et à moi-même, la dernière à moi seul, et je la conçois volon-tiers comme une sorte de pendant à cette affaire d'opération qui m'impressionna si vivement lorsque j'avais quatre ou cinq ans ; la raison en est peut-être que, dans l'un comme dans l'autre cas, c'est moi qui suis en jeu et que dans la seconde je me montrai cou-rageux, ce qui m'apparaît comme une espèce de revanche sur la première, dont je n'ai conservé qu'un souvenir de transes, assez piteux.

J'ai fait allusion au bon accord qui régnait entre mon second frère et moi. De tempéraments assez analogues à plus d'un égard (mélancolie foncière, tendance au mysticisme, sens dramatique de la vie, etc.) nous avions partie liée sur bien des points ; et, à distance, je m'étonne d'une telle entente quand je mesure la différence (peut-être, après tout, plus appa-rente que réelle ?) des chemins parcourus depuis par chacun. Nous avions une commune morale (un cer-tain puritanisme) et une commune mythologie, tissée de toutes les histoires — tantôt récits donnés pour véridiques, tantôt fictions d'ordre purement roma-nesque — que nous nous plaisions à inventer. Nous nous réunissions tous les soirs aux cabinets (mon frère assis sur le siège — apanage du plus âgé — et moi, en face de lui, sur un vulgaire pot) et nous nous racontions de longues histoires — généralement des sortes d'interminables feuilletons épiques à personnages animaux — chacun prenant la suite à tour de rôle, en alternant ainsi d'un jour sur l'autre.

Parmi les histoires « vraies » que mon frère m'a racontées, il en est une qui, plus que les autres, a fait figure de légende à quoi j'ai cru dur comme fer et qui parait pour moi son héros d'une auréole presque mythique. A une époque où nous nous intéressions beaucoup aux sports — surtout aux courses, puisqu'il y avait l'hippodrome d'Auteuil à proximité de chez nous — mon frère me racontait comment il avait gagné le Grand Prix de Paris au cerceau. Il me faisait un tableau détaillé de la course : le départ (qui avait eu lieu près des Serres de la Ville de Paris, endroit où l'on nous menait souvent jouer) ; la foule dense répartie en une double rangée ; les autres concurrents garçons à peu près du même âge que mon frère ; l'avantage qu'il avait pris dès le départ, dominant nettement tout le lot de ses adversaires ; le style impeccable dans lequel il avait mené le train presque jusqu'à la fin du parcours ; la chute désastreuse qu'il avait faite — se déchirant cruellement le genou — alors qu'il avait course gagnée ; la manière héroïque dont il s'était relevé, maîtrisant sa douleur ; l'effort désespéré qu'il avait fait pour rattraper ses adversaires ; la lutte angoissante qu'il avait entamée, les remontant un à un, jusqu'à sa victoire finale après laquelle il avait défailli, accablé de fatigue, au milieu des ovations délirantes de la foule innombrable des spectateurs, électrisés par son courage.

Ce récit, que mon frère me faisait souvent, à peu près sans variantes, et auquel j'accordais une absolue créance, lui conférait pour moi cette grandeur quasi surhumaine que les enfants attribuent aux personnages historiques dont on leur conte les hauts faits :

Charlemagne, Bayard, Turenne ou Napoléon. Plus encore que la prouesse sportive, c'était la leçon de courage que j'admirais, l'endurance qu'il avait manifestée, le stoïcisme avec lequel il avait fait fi de sa blessure, tentant sa chance jusqu'au bout malgré son épuisement et sa souffrance, et ne cédant à la faiblesse physique qu'après avoir gagné l'épreuve, comme un héros qui n'accepte d'abandonner un lieu de sinistre qu'une fois que tout le monde est sauvé.

Je constate qu'il y avait déjà dans cette admiration — dans cette façon d'être sensible, d'abord, au *stoïcisme* — l'élément qui caractérise encore aujourd'hui l'idée que je me fais du courage : notion d'un courage nullement *agressif* mais *passif,* qui ne consiste ni en actions d'éclat ni en faits de bravoure militaire mais, par exemple, en le sang-froid avec lequel on se comporte en face de tel effroyable danger ou, mieux encore, en la capacité de résistance dont on témoigne à l'égard de tel affreux supplice.

C'est encore mon second frère qui figure dans l'aventure suivante, dont la phase critique se déroula dans un hôtel du Havre, sur le quai de Southampton. Je ne sais s'il faut voir dans cet incident — à vrai dire bien minime — la marque de quelque obscure prédestination, mais j'ai toujours aimé Le Havre, les villes maritimes et par-dessus tout les ports fluviaux, telle Nantes. Je n'éprouve à aucun degré l'attirance de la mer, je n'ai jamais été capable d'apprendre à nager, je suis une bête de terre et pas du tout une bête d'eau ; mais j'adore, par exemple, être en paquebot et suis sensible à tout ce qui, de près ou de loin, touche à la navigation.

Plusieurs de mes amis sont originaires du Havre,

ou de Nantes, autre ville à bateaux. Parmi mes meilleurs souvenirs se rangent ceux des séjours, généralement très brefs, qu'il m'est arrivé de faire dans des ports, — notamment des quelques jours passés en août 1924 au Havre, en compagnie d'un ami encore plus féru de voyages que moi et qui vient de se fixer à Paris, après plusieurs années passées dans une capitale de l'Europe Orientale où il exerçait le métier de professeur de philosophie. Je revis alors le quai de Southampton avec son grouillement humain, ses restaurants, ses petits bars, son Hôtel de l'Amirauté qui, une douzaine d'années auparavant, avait été le théâtre de l'aventure en question, et sa rue des Galions que je découvris alors, voie chaude où flambent en une double rangée une nombreuse série d'édens gardés par des matrones à fichu de laine et tabouret qui psalmodient des invites. Parmi tous les endroits où nous échouâmes, mon camarade et moi, au hasard des promenades, l'un de ceux qui maintenant encore me tiennent le plus à cœur est le « Silver Dollar », bar anglais — ou soi-disant anglais — aujourd'hui disparu, qui était situé entre une église et un commissariat de police. Il y avait là deux barmaids — deux Françaises — qui étaient les deux sœurs ; toutes deux tailles de couleuvres, seins aigus, et pareillement blondes, elles dansaient avec les clients, jouaient au zanzi, au poker d'as et parfois versaient des boissons en ondulant comme des mannequins de haute couture. Une servante les aidait, qui avait dû traire les vaches la veille ou l'avant-veille. Au milieu de l'étalage de bouteilles qui surplombait le comptoir, deux grandes poupées britanniques faisaient des yeux en coulisse. Sur un antique piano droit, dans une salle attenante à celle du comptoir, un homme à mine de vieux grand-père très digne mais un tantinet alcoolique, au poil tout blanc et pauvrement vêtu, tapotait, avec des délicatesses de petite fille, un vaste répertoire de vieilles valses, de mazurkas et de polkas, coupées d'airs d'opérettes, d'hymnes nationaux et de refrains patriotiques ; de temps à autre, il se levait et s'approchait des rares consommateurs quêtant dans un minuscule cendrier, proportionné sans doute à ses recettes. Par instants, les deux sœurs riaient très fort, une main sur la hanche et leur petit ventre chassé en avant et de côté ; quant à la bonne, elle restait sagement assise — le visage froncé mais plus par recueillement que par mauvaise humeur — ne quittant sa place, en dehors des allées et venues nécessitées par le travail, qu'afin de s'en aller entendre de plus près le vieux pianiste, accoudée au piano et chantant à mi-voix comme pour l'accompagner. L'intimité du lieu n'était rompue que lorsque survenaient des matelots américains à moitié ivres, qui tout de suite accaparaient l'instrument et y écrasaient des fox-trot dont les notes éclaboussaient plafonds et boiseries telles des boissons multicolores ou se tassaient telles, mousse tombante, des bières lourdes et fortes. J'ai su depuis qu'une des deux sœurs s'était mariée et que l'autre était devenue grasse et triste.

Un souvenir bien moins précis, mais plus proprement maritime, que j'ai gardé est celui de mon premier retour d'Angleterre, alors que j'avais douze ans. Un orage éclata peu après que le bateau eut quitté Douvres, orage sec assez impressionnant, avec de longs roulements de tonnerre et une succession presque ininterrompue d'éclairs, sur tous les points de l'horizon ; il faisait extrêmement sombre et l'effet était d'autant plus saisissant qu'il n'y avait pas un souffle de vent et que malgré la lumière de tempête la mer restait d'un calme plat, ce qu'on appelle « une mer d'huile ». Souvent j'ai raconté par la suite — et je suis bien incapable de dire aujourd'hui si c'était tout à fait faux — qu'au plus fort de l'orage un feu Saint-Elme s'était posé à la pointe d'un des mâts.

Puis, comme autre souvenir de mer, il y a celui de mon départ de Marseille, alors que j'étais marié et que, pour la première fois, j'espérais me délivrer, en fuyant, de ce qui intérieurement me rongeait. Je partais alors pour l'Égypte, allant rejoindre au Caire ce même ami avec qui j'avais parcouru les bas-quartiers du Havre. Le paquebot lentement s'arrachant, je vis le bras d'eau se former puis grandir entre le bastingage et le quai. Minute d'une plénitude déchirante qu'il est impossible de retrouver une fois perdue cette virginité du premier départ. On y prend la mesure des choses, la distance qui vous en sépare, de sorte que l'on parvient pour une fois, se ressentant intensément debout devant les choses, à prendre sa propre mesure.

Il m'est arrivé quelque chose d'analogue au cours du plus récent voyage que j'ai fait au Havre, lors de la dernière Pentecôte. La veille au soir j'avais traîné un peu dans divers bars, bals musettes, boîtes de nuit, sans oublier les mauvais lieux de la rue des Galions ; tout cela m'avait paru un peu mort, par rapport à ce que c'était il y a quelques années : pas grand monde dans les rues, pas de gens ivres, pas de pianos mécaniques. J'avais pourtant ressenti dans les bordels du port cette impression d'humanité profonde et de grandeur qu'on éprouve, à mon sens, dans toutes les maisons de prostitution pourvu qu'elles soient pauvres et que les choses s'y passent avec une suffisante simplicité. C'était un lundi de Pentecôte, ce qui explique peut-être le calme relatif de tous ces endroits. « Les fêtes de religion ne sont pas les fêtes de bordel », avait déclaré sentencieusement une petite prostituée devant qui, ceux qui m'accompagnaient et moi, nous nous étions étonnés qu'il y eût si peu de monde dans l'établissement auquel elle était attachée. De lieu en lieu, de conversation en conversation j'avais absorbé quelques verres, si bien que le lendemain matin j'eus soif impérieusement d'une bolée d'air marin pour remettre un peu de fraîcheur dans mon cœur et d'ordre dans les idées qui me dansaient en tête. Aussi allai-je me promener, au-delà de Sainte-Adresse, du côté des falaises. C'est en un point élevé d'une cinquantaine de mètres, et d'où je dominais une petite crique, que je me retrouvai face à face avec moi-même, aussi intensément que cela m'était arrivé lors de mon départ de Marseille. Au milieu de la mer, une bouée sonore dansait au gré des vagues et j'entendais l'aigre bruit de sa cloche. Sur le rivage, marchant avec des précautions d'insectes, se déplaçaient de roche en roche deux garçons à imperméable et béret basque qu'accompagnait une bourgeoise d'un certain âge qui devait être leur mère, tous trois en villégiature, semblait-il, et se promenant comme moi. L'un d'eux, muni d'un marteau de minéralogiste, écaillait parfois un rocher pour prélever un échantillon. Encore tout imprégné de ma traînerie de la veille, il me sembla brusquement que la bouée solitaire dont s'agitait la cloche n'était autre que la petite prostituée avec qui nous avions parlé et qui nous avait paru si humble, si douce, si « bien élevée ».

Il m'apparaissait scandaleux que malgré la voix lugubre de cette cloche qui avait l'air de gémir et d'appeler au secours — la petite prostituée nous avait dit qu'elle était internée dans son bocard depuis quatorze mois — un individu pût se complaire à des travaux de minéralogie, se traînant le long de la grève, marteau en main. Et, dans une certaine mesure, je m'identifiai à lui, attaché que je suis — de par mon incapacité à mépriser certaines contingences matérielles telles que le confort — à des travaux scientifiques que je juge mesquins, tandis qu'au cœur du monde comme au large de cette crique il y a quelque chose de si brûlant qui délire, qui crie tout seul, demandant simplement qu'on l'entende et qu'on ait assez de courage pour s'y dévouer tout entier. Revenu en ville, j'eus un moment l'idée de retourner à la maison close, pour coucher avec la prostituée. Je ne le fis pas, et sans doute ai-je eu tort, même s'il n'avait dû en résulter que les conséquences les plus dépourvues de romantisme, telles qu'une vulgaire maladie vénérienne, après une quelconque et mercantile étreinte.

Me voici loin de ce que je me proposais de raconter en abordant l'avant-dernière partie d'un chapitre consacré à ce qui, parmi les événements de ma vie, se rattache pour moi au thème de l'« homme blessé ». A mesure que j'écris, le plan que je m'étais tracé m'échappe et l'on dirait que plus je regarde en moi-même plus tout ce que je vois devient confus, les thèmes que j'avais cru primitivement distinguer se révélant inconsistants et arbitraires, comme si ce classement n'était en fin de compte qu'une sorte de guide-âne abstrait, voire un simple procédé de composition esthétique.

Le « souvenir du Havre » dans lequel mon second frère est impliqué se mêle, quoi qu'il en soit, à celui de ma toute première traversée. C'était pendant des vacances de Pâques. Nos parents nous avaient emmenés à Trouville et (ainsi qu'il est, semble-t-il, de rigueur à l'âge que nous avions alors) nous avions animé ce banal déplacement à l'aide d'une fiction faisant figure de mythe. A cette époque, nous étions tous les deux passionnés par les courses et nous aimions souvent à nous considérer chez nos parents comme des jockeys en pension chez leur entraîneur ; très au courant des performances des principales étoiles du turf, nous pouvions sans difficulté nous identifier à telle ou telle célébrité ; ainsi, pendant plusieurs années, mon frère ne fut nul autre que René Sauval ; quant à moi, durant un temps assez long, j'incarnai Nash Turner ; plus tard je fus George Mitchell, choisi à cause de la ressemblance de ce nom avec mon propre prénom. Mais, lors du voyage en question, peut-être étais-je simplement le jockey français Parfrement. A ces noms de jockeys s'attachait un étonnant prestige et ces identifications n'avaient vraisemblablement d'autre but que le suivant : nous sentir grands et forts en nous incorporant l'esprit de personnages que nous admirions. Aussi bien, aurions-nous pu nous confondre avec les saints du catéchisme.

De Trouville, nos parents nous avaient emmenés par le bateau à roues « La Touque » faire une excursion au Havre, d'où nous devions rentrer, par le même moyen de transport, à la fin de la journée. Ils avaient compté sans le brouillard qui, s'abattant soudain, empêcha le bateau de repartir, de sorte qu'il fallut rester au Havre et, sans bagage d'aucune sorte, chercher asile pour la nuit à l'Hôtel de l'Amirauté. Mes frères et moi, naturellement, étions ravis d'un contretemps qui faisait pour nous, d'une promenade déjà attrayante en elle-même, une manière d'aventure. Plus à même que nous de mesurer ce qu'un tel incident avait de médiocre dans son imprévu, nos parents ne partageaient pas ce ravissement ; d'autant qu'il s'était mis à pleuvoir et qu'ils ne savaient que faire de nous, trop turbulents tous les trois réunis pour qu'il pût y avoir quelque agrément à nous garder enfermés dans une chambre d'hôtel. Entre mon second frère et moi, le jeu était celui-ci : déplacement de deux jockeys, avec leur entraîneur et la femme de leur entraîneur, en vue d'une épreuve qui devait se courir le lendemain ; le tout était corsé d'une affaire d'adultère, car il était entendu que Parfrement, c'est-à-dire moi, bénéficiait d'une bonne fortune à la faveur de ce voyage et devenait l'amant de la femme de l'entraîneur, qui n'était autre que notre mère.

Mes parents restaient dans un coin de la chambre, vraisemblablement assez maussades, obligés qu'ils étaient de passer cette nuit en vêtements de jour, sans brosse à dents, peigne, ni le moindre objet de toilette. Mon père devait être nanti de son sempiternel haut-de-forme (lorsque nous revînmes le lendemain, brouillard levé, la mer était assez grosse et j'ai gardé l'image de mon père terrassé par le mal de mer, son haut-de-forme sur les yeux, affalé dans un coin). Peut-être n'y avait-il plus de place dans l'hôtel et nous avait-on parqués tous dans cette unique chambre (d'où l'invention de l'adultère) ? Toujours est-il que nos parents n'étaient pas de très bonne humeur et que ce spectacle augmentait, quant à nous, enfants, notre nervosité. Nous parcourions la chambre en tous sens, ne tenant pas en place et voulant voir à tout prix ce qui se passait dehors. A un moment donné, mon second frère s'appuya au carreau pour regarder dans la rue ; la vitre céda et tomba avec fracas sur le trottoir, alors grouillant de monde, la pluie ayant probablement cessé. Au bruit, ma mère se précipita ; mais il lui avait semblé entendre des cris et longtemps elle hésita, avant de se pencher à la fenêtre, craignant que quelqu'un des passants n'eût été blessé par des éclats de verre et n'osant vérifier s'il en était ainsi — ou non — dans la réalité. Enfin, elle se pencha, jeta un coup d'œil sur le quai, vit qu'il n'y avait pas de sang et que la foule continuait d'aller et venir comme auparavant. Elle revint vers le milieu de la pièce, encore tremblante, mais rassurée. C'est alors seulement que nous fûmes grondés. L'incident avait, d'ailleurs, coupé court à nos jeux ; car la frayeur de ma mère — et toutes les possibilités de sanctions que cela nous faisait envisager (arrivée des agents venant nous arrêter, ou des propriétaires de l'hôtel) — nous avait atterrés. La nuit se passa vaille que vaille ; j'eus tout le temps de ruminer ma petite histoire d'adultère avec la femme de l'entraîneur et, le lendemain sur le bateau, je fus très fier en voyant mon père effondré sous l'emprise du mal de mer alors que moi je n'en souffrais pas ou n'en donnais tout au moins aucun signe tangible, si ce n'est, peut-être, une certaine pâleur.

J'ai parlé de chose brûlante, de prostituée d'une douceur inimitable, de feu Saint-Elme, de cloche geignant sur une mer sans tempête. Pourquoi faut-il que, de plus en plus, cette ardeur délirante m'échappe et que, telle ma mère posant une main craintive sur l'espagnolette à l'Hôtel de l'Amirauté, j'ose à peine lancer un bref regard à travers la fenêtre, de peur de trouver seulement un peu de sang sur le quai ?

POINTS DE SUTURE

Du dernier épisode que j'ai à relater ici j'ai été moi-même le héros, et je porte encore à l'arcade sourcilière gauche ma cicatrice d'« homme blessé ». Certains jours (notamment quand il fait chaud) elle est plus rouge et plus visible, de sorte qu'elle peut sembler récente et que parfois l'on me demande quel accident il vient de m'arriver.

J'avais douze ans ; j'étais externe dans cette école dirigée par un prêtre, où j'avais fait ma première communion ; et la chose survint dans la cour de l'école, lors d'une récréation. En pleine course — dans le tohu-bohu d'une partie de barres ou de tout autre jeu — je heurtai l'un de mes camarades qui courait en sens inverse et fus projeté contre un mur, si violemment que je me fendis l'arcade sourcilière jusqu'à l'os. Je restai à genoux — ou à quatre pattes — sur le gravier, tête baissée et saignant en abondance. Il paraît que je perdis connaissance, mais je n'en ai aucun souvenir et crus même, avant qu'on me certifiât que je m'étais évanoui, avoir gardé constamment toute ma lucidité. La muraille se trouvant à ma droite et ma tête ayant été blessée du côté gauche, je ne réalisais pas que j'avais dû pivoter sur moi-même avant d'occuper la position d'animal assommé dans laquelle je faisais de mornes réflexions. Il me sembla tout d'abord que la simple rencontre de mon front avec celui de mon condisciple m'avait ouvert la face ; c'est seulement plus tard qu'on me raconta que je m'étais déchiré contre une aspérité du mur, ou contre un clou planté dans ce mur. Je sentais couler mon sang ; je n'éprouvais pas la moindre douleur mais il me semblait, tant le choc avait été violent, que ma blessure était énorme et que j'étais défiguré. La première idée qui me vint fut : « Comment pourrai-je aimer ? » Je ne pense pas que j'étais alors amoureux de telle fille déterminée ; il s'agissait uniquement de l'avenir, que j'envisageais sous le seul angle passionnel et qui me paraissait, du fait d'une blessure à coup sûr hideuse, irrémédiablement brisé. « Comment pourrai-je aimer ? » me disais-je, sentence qui m'emplit tout entier, montant de mon cœur à ma tête, et sous le coup de laquelle j'aurais certainement défailli si par sa formulation

131

même je ne m'étais senti placé sur un certain plan exaltant de tragédie, ce qui me donnait et la fierté d'avoir à jouer un rôle et la force nécessaire pour le tenir à peu près correctement. La culotte de mon costume Norfolk était tachée et il devait y avoir aussi du sang sur les hautes guêtres à boutons doublées de molleton — celles que, un ou deux ans plus tard, mes camarades de lycée devaient baptiser « les bottes de mon grand-père » — durant si longtemps pièce obligée de ma tenue d'hiver et ce pour ma plus grande mortification.

On me releva et l'on m'emmena à la cuisine, où la femme de charge, prête à se trouver mal et poussant des hélas ! lava ma plaie, avant de me conduire chez le pharmacien. Ce dernier (qui avait une grande barbe et une jambe toute raide, pour être passé sous les roues d'un autobus) me pansa et me fit prendre un petit verre d'alcool en guise de cordial. Je n'hésitai pas à en réclamer un second, ravi de cette aubaine et persuadé sans doute que telle était l'une des exigences élémentaires du rôle que le sort m'avait dévolu. De là, on m'accompagna jusqu'à la maison puis, ma mère dans les transes et moi, nous allâmes chez le médecin. Il sutura ma plaie avec trois agrafes de métal, disant à ma mère qu'elle devait s'estimer heureuse que j'en fusse quitte à si bon compte car, si la blessure s'était étendue jusqu'à la tempe (et il ne s'en fallait que de quelques millimètres), elle aurait pu être mortelle. L'idée d'avoir été en contact si précis avec un tel danger m'enfla d'orgueil, naturellement. Une quinzaine de jours après, quand le médecin m'arracha les points de suture en faisant levier avec une lame de canif, je ne bronchai pas, bien que la douleur me fît jaillir les larmes des yeux. Cette endurance valut à ma mère, de la part du médecin, des félicitations, ce dont je fus encore plus fier car ce n'est pas très souvent qu'il m'avait été donné de faire montre de courage.

Ainsi se déroula — peu après que j'eus appris d'un camarade ce qu'il en était exactement du commerce amoureux — un événement qui ne me défigura pas mais dont j'ai conservé la marque très apparente. Il me valut un certain temps de popularité à mon école et surtout la joie intime d'être celui qui a vu la mort de près, le rescapé qui est sorti par chance d'un grave accident.

On peut objecter à ma manière de présenter les choses un certain arbitraire dans le choix des faits que je rapporte. J'ai déjà dit quelle attraction exerçait sur moi tout ce qui apparaît sous une couleur tragique et je n'y reviendrai pas ; courant double, d'angoisse et de désir mêlés, comme tout ce qui me pousse et en même temps me retient à l'égard de Judith.

En admettant qu'il y entre de l'arbitraire, je ne vois pas ce que peut déceler la partialité d'un tel choix sinon, précisément, cette prédilection marquant la valeur exceptionnellement troublante qu'ont pour moi les histoires sanguinaires, et les formes montées sur tréteaux, chaussées de hauts cothurnes ou encaquées dans des masques grotesques.

Cahin-caha, de recherche en recherche, de mystère en mystère (découvrant d'abord que les enfants se faisaient dans les entrailles de la mère, puis que le père n'était pas un vulgaire saint Joseph se bornant à gagner le pain des rejetons mais avait une part directe dans l'opération, enfin que le fameux acte consistait — ce qui m'apparut d'abord comme une absurde plaisanterie — en la conjonction des organes urinaires) j'avais acquis brin par brin la connaissance théorique de l'amour. Travaillé par tous mes fantômes, il ne me restait plus qu'à en gagner durement la connaissance pratique.

VI

LUCRÈCE ET JUDITH

Je voyage à pied dans un pays montagneux, qui
passe pour assez dangereux. Ayant longtemps marché,
j'arrive à Delphes (que j'ai visitée dans la réalité).
Derrière les ruines du temple, une innombrable série
de déserts s'étend à perte de vue. A l'extrémité de
chaque désert, en guise de poteau-frontière, il y a une
chaîne de montagnes. Derrière cette chaîne de montagnes, il y a encore un désert, limité lui-même par
une chaîne de montagnes masquant un troisième
désert, et ainsi de suite. C'est l'ensemble de ces
déserts limités qui constitue le vrai désert, le DÉSERT
en soi. Mais, entre le fouillis des fûts de colonnes et ces
espaces dénudés, il y a un ravin profond que je ne peux
franchir. Ses parois — si abruptes qu'elles ont l'air absolument verticales — semblent animées d'un mouvement
constant de va-et-vient, en sens inverse l'une de l'autre.
L'air de l'abîme, écrasé par la double translation unifor-
mément répétée de ces meules plates, fait entendre un
bruit sinistre, comme un grondement volcanique ou un
craquement de foudre. Mais il paraît qu'en réalité les
parois sont immobiles et que c'est le vent engouffré dans
l'abîme qui est la cause de ce bruit. Peu de temps après
que cette vérité a été reconnue, des hommes barbus —
probablement des officiants du temple — précipitent
dans le gouffre d'énormes boulets de marbre. En arri-

vant en bas, ces sphères se brisent en mille miettes, avec un grand fracas.

(Rêve fait en 1928.)

Parmi les récits légendaires que j'ai le mieux aimés étant enfant et qui n'ont jamais cessé de m'émerveiller, figurent les Romans de la Table Ronde, que je n'ai pas lus dès l'abord dans les éditions destinées aux adultes, mais dans de petites brochures illustrées à l'usage de la jeunesse, condensations extrêmes peut-être plus frappantes d'avoir été expurgées, parce que tous les détails accessoires en sont rejetés et qu'il ne reste plus que l'essence même du mythe.

De tout temps, j'ai aimé la pureté, le folklore, ce qui est enfantin, primitif, innocent. Quand je suis dans ce que les rigoristes appellent *bien*, j'aspire au mal parce qu'un certain mal m'est nécessaire pour me divertir ; quand je suis dans ce qu'il est convenu d'appeler *mal*, j'éprouve une nostalgie confuse, comme si ce que le commun des gens entend par *bien* était réellement une sorte de sein maternel où l'on pourrait sucer un lait susceptible de rafraîchir. Toute ma vie est faite de ces balancements : tranquille, je m'ennuie à mourir et souhaite n'importe quel dérangement, mais pour peu que survienne dans mon existence un élément réel de bouleversement, je perds pied, j'hésite, j'élude et je renonce le plus souvent. Je suis incapable, en tout cas, d'agir sans réticence et sans remords, je ne me livre jamais sans une arrière-pensée de me reprendre et, si je reste replié sur moi-même, ce n'est jamais sans le regret d'un abandon, dont j'éprouve une envie véhémente. Adulte, je garde un constant désir d'amitié idéale et d'amour platonique à côté de ce que d'aucuns regarderont comme des noyades sans grandeur dans la bassesse et dans le vice. Jeune, je me passionnai pour ces aventures fabuleuses où grouille un peuple d'enchanteurs, de dames inégalablement chastes et de chevaliers, en même temps que me remuaient au bas-ventre les troubles de la puberté.

Un récit qui m'impressionnait entre tous et qui, même à l'heure où je recopie ces lignes, me tient sous son charme d'énigme, c'est celui de la disparition du roi Arthur, dont on ne sait s'il est vraiment mort, puisque des fées l'emmenèrent agonisant, en barque, vers une île, après que son épée, jetée dans l'eau, en eut trois fois resurgi, brandie par la main d'une créature sous-marine. Il y avait aussi l'épisode de Merlin, perdu dans la forêt de Brocéliande où Viviane son amante le retient prisonnier, mettant en œuvre contre lui les secrets de magie qu'il lui a lui-même enseignés. Bien souvent j'ai songé, réfléchissant à cette histoire, que je pouvais y retrouver dans une certaine mesure l'image de ma propre vie, — vie d'un homme qui se gava de pessimisme, crut y trouver le ressort d'une existence fulgurante et comme météorique, aima son propre désespoir, jusqu'au jour où il s'aperçut — mais trop tard — qu'il ne pourrait plus en sortir et qu'il était ainsi tombé dans le piège de ses propres enchantements.

De ce capharnaüm d'armures, de hennins et de gorges d'une blancheur lunaire dans lequel mon imagination se plaisait est sorti le concept de la *fée*, ou de la femme telle qu'à la fois je la souhaitais et redoutais, enchanteresse capable de toutes les douceurs mais recélant aussi tous les dangers, comme la courtisane (mot qui débute avec « courtine » pour finir avec « pertuisane », ce qui — à l'époque encore récente où j'attachais une valeur d'oracle à ce genre de jeux de mots — m'aurait paru un argument inébranlable à l'appui de ce que j'avance) ou comme ce personnage féminin en lequel peuvent se fondre symboliquement ma Lucrèce et ma Judith : Cléopâtre, reine d'Égypte.

L'une des dernières choses auxquelles je pense si je prononce le nom de Cléopâtre, c'est bien la parole de Pascal à propos de son nez et j'ignore même s'il l'aurait fallu plus long ou plus court pour que la face du monde en fût notablement changée. Je déteste ce genre d'aphorismes, qui ont l'air d'en dire long et qui n'expliquent rien. Cela ne mène, peut-être, pas à grand-chose mais il est en tout cas certain que, si je dis « Cléopâtre », je pense tout d'abord à l'aspic caché dans un panier de figues (comme la plupart des gens, j'ai horreur des serpents), ensuite aux lions par lesquels elle faisait dévorer ses amants.

Je pense aussi au mot « albâtre » — dont Cléopâtre a la pureté — puis j'évoque des images de portiques, de colonnes devant lesquelles se promènent les philosophes alexandrins — vieux pouilleux en guenilles — qui interfèrent dans ma mémoire avec ce que je connais de la moderne Alexandrie : la chaleur d'étuve qu'il y faisait lorsque j'y suis passé (je songe encore avec dégoût à mes vêtements couverts d'une humidité pire que la moiteur même de mon corps) ; le bariolage des quartiers indigènes proches du port ; l'émerveillement avec lequel j'y découvris un Bar Normand tenu par deux filles sans doute effectivement normandes qui devaient avoir été, avant les avatars qui les avaient menées là, de robustes fermières ; les familles arabes campées sur le S/S « Boulak » à bord duquel je m'embarquai pour la Grèce, comme passager de pont, avec une boîte de petits-beurre et une bouteille de vin blanc en guise de provisions. Je mêle à ces souvenirs d'Alexandrie d'autres souvenirs, relatifs à mon séjour au Caire : les pyramides de Gizeh, pareilles à d'immenses tas de charbon sur un quai ; le carré bleu découpé dans le ciel par les murailles des jardins intérieurs de mosquées ; les échoppes à appareils nickelés ultramodernes où l'on débite des boissons glacées qui vous ravagent le ventre si l'on n'y prend pas garde ; un certain marchand ambulant de la ville indigène, homme maigre à barbiche grisonnante et turban, qui versait le sirop de tamarin en un long jet, tenant son récipient très haut et loin du verre, avec une élégance inimitable ; les officiers écossais en pantalon carrelé ou tenue de soirée (souliers à boucles et smoking sur la jupe quadrillée) ; les traîneurs de savates à teint bronzé et longue chemise de nuit ; les bourgeois à fez rouge, complet clair et chasse-mouches nonchalant, marchant avec importance ou attablés aux terrasses des cafés ; l'allée de flamboyants dans l'île de Gezireh, si riche en fleurs que, le soleil donnant, on y avançait comme à travers un brouillard rouge ; le vent chaud et sableux qui, certains jours, me brûlait l'intérieur des narines (cela me fait songer, en cet instant, aux poteries que j'essayais de fabriquer étant enfant, chauffant à la bougie du sable humide d'où s'exhalait une odeur, vague, de gâteau brûlé, et utilisant comme moules des objets usuels tels que des coquetiers) ; le quartier de l'Ezbekieh, où il y a des prostituées noires enfermées dans des espèces de cages — rez-de-chaussée à plancher surélevé ouvrant sur la rue une large baie garnie de barreaux à travers lesquels le bras sombre fourrage et vous agrippe ; les chanteuses arabes en robe décolletée, poitrine débordante et médaillées comme des lutteurs ; les personnages à tête d'oiseau de proie et larges ailes déployées qu'on voit stockés dans les musées ou sur les murs des nécropoles ; les peintures sur sarcophages de l'époque romaine (visages de femmes toutes fines, fraîches et bien fardées) ; les femmes égyptiennes en voiles bleus ou noirs de fossoyeuses, avec leurs pieds nus sales, ou coquettement chaussées d'affreux souliers à hauts talons quand il s'agit de femmes un peu plus riches ; la vie invraisemblablement chaste que je menai dans cette ville, n'ayant de rapports sexuels avec aucun être humain, mais parfois m'allongeant sans vêtement dans ma chambre et me satisfaisant avec les lattes du plancher.

Après les années troubles durant lesquelles elle faisait livrer aux fauves les hommes dont elle avait usé (je ne crois pas, tout bien considéré, que ce détail figure dans Plutarque non plus que chez aucun autre historien, mais peu importe, l'essentiel étant ce double rôle de souveraine autoritaire et de femme aux mœurs relâchées), après la « vie inimitable » en compagnie de Marc-Antoine, les perles bues dissoutes dans du vinaigre, la fondation du club des *Inséparables dans la mort* et toutes les autres fantaisies qui durent jaillir de son imagination débridée, Cléopâtre, faute d'avoir pu séduire Octave victorieux, se fit mordre au sein par un aspic, préférant la mort à la servitude en quoi elle était menacée de se trouver réduite.

Examinant les conditions dans lesquelles Cléopâtre, reine d'Égypte, a mis fin à ses jours, je suis frappé par le contact de ces deux éléments : d'une part le serpent meurtrier, symbole mâle par excellence — d'autre part les figues sous lesquelles il est dissimulé, image courante de l'organe féminin. Sans chercher à y voir autre chose qu'une coïncidence, je ne puis m'empêcher de noter avec quelle exactitude cette rencontre de symboles répond à ce qui est pour moi le sens profond du suicide : devenir à la fois *soi* et *l'autre*, mâle et femelle, sujet et objet, ce qui est tué et ce qui tue — seule possibilité de communion avec soi-même. Si je pense à l'amour absolu — cette conjonction, non de deux êtres (ou d'un être et du monde) mais bien plutôt de deux grands mots —, il me semble qu'il ne saurait s'acquérir que moyennant une expiation, pareille à celle de Prométhée puni d'avoir volé le feu. Châtiment qu'on s'inflige afin d'avoir le droit de s'aimer trop soi-même, telle apparaît donc, en dernière analyse, la signification du suicide.

Et si l'on considère maintenant Cléopâtre non plus seulement en tant que femme à vie déréglée (en tant que femme bafouant ses amants) mais en qualité de créature se supprimant, l'on s'aperçoit qu'elle résume ces deux aspects de l'éternel féminin, ma Lucrèce et ma Judith, avers et revers d'une même médaille.

Il est loisible à chacun de se demander, à la vue du tableau double de Cranach, si ce ne sont pas des chaînons analogues qui ont relié dans son esprit les deux héroïnes, Lucrèce la chaste et Judith la catin patriote, au point de les représenter en un même couple de figures. On peut supposer également que leurs deux gestes, apparemment distincts, étaient au fond identiques et que, pour toutes deux, il s'agissait avant tout de laver dans du sang la souillure d'une action érotique, expiant, l'une par son suicide, la honte d'avoir été violée (en y prenant peut-être du plaisir), l'autre par le meurtre du mâle, celle de s'être prostituée. De sorte que ce ne serait pas sur un simple caprice, mais en vertu d'analogies profondes, que Cranach les aurait peintes en pendants,

141

toutes deux pareillement nues et désirables, confon-
dues dans cette absence complète de hiérarchie
morale qu'entraîne la nudité des corps, et saisies au
bord d'actes particulièrement exaltants :

la première, Lucrèce, appuyant au centre de sa
blanche poitrine, entre deux seins merveilleusement
durs et ronds (dont les pointes semblent aussi
rigides que des pierres ornant au même endroit un
gorgerin ou une cuirasse), la lame effilée d'un poignard au bout duquel perlent déjà, comme le don le
plus intime pointe à l'extrémité d'un sexe, quelques
gouttes de sang, et s'apprêtant à annuler l'effet du
viol qu'elle a subi, par un geste pareil ; celui qui
enfoncera dans une chaude gaine de chair et pour
une mort sanglante l'arme bandée au maximum,
telle la virilité inexorable du violeur quand elle était
entrée de force dans l'orifice béant déjà entre ses
cuisses, douce plaie rose qui peu d'instants après
restituait la libation à pleines gorgées, exactement
de même que la blessure — plus profonde, plus
méchante aussi, mais peut-être encore plus enivrante — faite par le poignard laisserait jaillir, du fin
fond de Lucrèce pâmée ou expirante, un flot de
sang ;

la seconde, Judith, à la main droite une épée nue
comme elle, dont la pointe meurtrit le sol à très peu
de distance de ses orteils menus et dont la lame très
large et très solide vient de trancher la tête d'Holopherne, qui pend, débris sinistre, à la main gauche
de l'héroïne, doigts et cheveux mêlés pour une
atroce union — Judith, parée d'un collier aussi
lourd qu'une chaîne de bagnard, dont le froid
autour de son cou voluptueux rappelle celui du
glaive près de ses pieds —, Judith placide et ne
paraissant déjà plus songer à la boule barbue qu'elle
tient à la main comme un bourgeon phallique

qu'elle aurait pu couper rien qu'en serrant ses basses lèvres au moment où les écluses d'Holopherne s'ouvraient ou encore que, ogresse en plein délire, elle aurait détaché du gros membre de l'homme aviné (et peut-être vomissant) d'un soudain coup de dents.

Et ainsi — encore plus dépouillées qu'elles ne sont chez Cranach, où seul un voile tout à fait transparent contourne identiquement leurs flancs — se tiennent debout l'une devant l'autre les deux grandes nudités antiques, anges égaux du Bien et du Mal situés, par le sang dont elles sont maculées, sur un même plan de tuerie où s'efface toute médiocrité. Mais la pâle et malheureuse Lucrèce, servante ridiculement dévouée de la morale conjugale (bien avancée d'avoir été si chaste ! puisque c'est à cause de sa chasteté que Tarquin fut aguiché), est pourtant éclipsée par l'image insolente de Judith telle qu'elle dut se présenter sortant de la tente d'Holopherne (où la traîtresse était allée demander protection), ses ongles aigus colorés par le meurtre comme ceux d'une femme qui les vernit en rouge selon la mode du xxe siècle, ses vêtements tout fripés, couverts de sueur et de poussière et remis hâtivement — dans le plus grand désordre — laissant apercevoir sa chair encore poissée de déjections et de sang. Tel Holopherne au chef tranché, je m'imagine couché aux pieds de cette idole.

Dans ma mémoire gisent — comme des objets hétéroclites (ancres, chaînes, chemises, crayons, papier) dans la boutique d'un *shipchandler* où les navigateurs viennent se réapprovisionner — un certain nombre d'événements dont beaucoup peuvent être regardés comme ridicules ou ignobles ; mais la « bassesse » même qui se trouve attachée à presque tous ces événements et la peur, la répugnance extrêmes que j'éprouve à les évoquer ont pour résultat, même quand ils n'ont pas pour héroïne une femme immédiatement terrifiante, de faire de celles qui y ont été mêlées des Judith (moins, dans ce cas, par leur attitude à elles-mêmes que par l'attitude écrasée que j'adoptai à leur égard). Ainsi, je vois plusieurs Judith de chair et d'os, mais approximatives, se dresser :

la petite fille — coiffée avec une raie au milieu, des macarons noirs, et l'air bien sage malgré sa mine costaude et son regard malicieux — avec qui j'étais à l'école et qui, ainsi que s'amusent à le faire beaucoup d'enfants, s'étant frotté longuement un poignet avec la paume de l'autre main, me faisait respirer la peau ainsi frottée en me disant : « Ça sent la mort » ;

une veuve très blonde (oxygénée) et très fardée, toute en voiles noirs et blancs, bas de soie, gros bouquet de violettes, en face de qui, étant sorti avec ma mère, je me trouvai assis dans un tramway et dont je regardai les yeux fatigués, la bouche rouge et les jambes afin de me les remémorer lors de la fête nocturne égoïste ;

les créatures réelles ou fausses pour qui je pleurais dans mon lit, remâchant amèrement ma solitude, mon désespoir de trouver jamais une femme adéquate à mon amour, attisant ces réflexions cuisantes comme à plaisir, jusqu'à déchaîner mes sanglots, qui arrivaient par grands hoquets et dans lesquels je me plongeais comme dans une marée de caresses ;

les actrices éminemment inaccessibles, telle Sarah Bernhardt qui fut pendant un certain temps l'un des thèmes favoris de mes délectations moroses ;

la fille de bar dont je fus amoureux à quinze ans, parce qu'elle était lesbienne, qu'elle avait une voix éraillée et que je l'avais entendue geindre durant une rage de dents, — vague roulure qui purement et simplement m'entôla, ne couchant même pas avec moi et s'enfuyant avec l'argent que, comme un jobard, je lui avais donné, ce qui inimaginablement m'humilia, — fille aussi avec laquelle mon père m'avait un jour surpris, ce dont j'avais été honteux au-delà de toute expression ;

celle — cliente d'un autre bar — qui me mordit les lèvres jusqu'au sang et me lança son pied en pleine figure, un jour qu'elle était ivre, pour faire admirer sa souplesse ;

celle en combinaison de dentelle et bas de soie noire avec laquelle, étant vierge, je me trouvai couché, une nuit de bombe crapuleuse, mais que je ne pus pas toucher parce que je me mis à dégurgiter sur les draps une nappe de vin rouge ;

celle que je rencontrai dans une maison close, étant puceau encore, — fille un peu mûre, mais réellement fraîche et jolie, avec qui je m'enfermai dans une chambre au pompeux décor, mais que je ne parvins pas à posséder parce que, malgré sa gentillesse et les baisers humides dont elle couvrait maternellement mon front, j'étais trop ému et que, par l'angoisse, bras et jambes m'étaient coupés ;

l'amie aux yeux bleutés et au prénom anglais que — comme on dit — j'aimais d'amour, mais avec qui le même fait se reproduisit la première fois que nous nous rapprochâmes, tant je craignais d'avance que se révélât mon inexpérience, — femme que plus tard je devais soupçonner de me tromper — ou d'avoir envie de me tromper — avec une jeune fille, et d'être en général curieuse de l'amour de son sexe, trahison peut-être encore pire que s'il s'agissait d'un homme, car il s'agit bien ici d'un *autre* amour, contre lequel il est impossible de rien faire ;

la grue rencontrée une nuit dans le sous-sol d'un bar américain, où je buvais en compagnie d'un ami plus âgé et pédéraste, fille du type « belle garce », très robuste et très brune, avec qui je dansai, et qui m'allumait par le remuement de ses cuisses très musclées, mais qui, après une scène violente au cours de laquelle elle avait traité de maquereau mon compagnon qui — pour je ne sais plus trop quelle raison — l'avait griffée, m'épouvanta par sa bestialité ; — scène à la suite de quoi je reconduisis mon compagnon chez lui, presque ivre mort et en proie aux nausées, puis dormis avec lui après avoir humilié ma bouche et la sienne dans un réciproque égarement ;

l'Américaine hautaine et froide qui, au cours d'une beuverie à laquelle je participais avec le même ami, m'affirma tranquillement qu'elle avait commis un assassinat, confidence qui, à distance, me laisse quand même assez sceptique ;

la fille soumise qui, après mille propos orduriers, récits intimes et agaceries, nous fit voir sur son mollet la trace violette d'un coup de couteau, femme avec qui je ne « montai » pas, mais à qui je pense très souvent quand je lis dans les faits divers des comptes rendus de rixes ou des histoires de femmes coupées en morceaux ;

celle devant qui, alors que pour la première fois je la voyais (elle était devenue la maîtresse de l'ami qui fut mon complice dans les trois précédentes aventures) et étant ivre royalement, je tentai de faire l'amour dans une brasserie de bas étage, couché sur un énorme lit à baldaquin avec une fille très jeune, très douce et pure comme une Lucrèce, fille que, furieux de l'incapacité où me reléguait l'ivresse, je mordis stupidement, tandis que le couple (mon ami et sa compagne au sourire aigu, aux yeux désarmants de Judith) assis dans de vastes fauteuils semblait se réjouir de ma honte et qu'une autre fille qui se tenait à côté d'eux, essayant en vain de les faire se mêler à la scène, riait frénétiquement ; tout ceci pour relever un muet défi (celui que sans même le savoir m'avait lancé cette magnifique Judith, de tout l'éclair de ses yeux de Gorgone, à la suite d'un long dialogue au cours duquel je m'étais placé orgueilleusement sur le socle de l'amoral, parlant en incrédule et en désespéré) et parce que j'estimais qu'après un pareil entretien il ne me restait littéralement rien à cacher ;

celle avec qui je me saoulai pendant quatre jours, brave fille, mais vulgaire et pas jolie, avec des jambes assez bien dessinées (sur lesquelles elle me montrait les bleus qu'un client de hasard y avait marqués) mais trop minces pour le buste qui était paré de seins énormes, dont elle cachait les mamelons avec ses mains comme elle eût fait d'infirmités, car leur diamètre démesuré les faisait ressembler à des taches de vin, à des traces de brûlures, à des fraises écrasées ou encore à la cicatrice hideuse qu'aurait laissée le coup de rasoir qui les aurait tranchés ; je la désirais parce que j'étais très seul, que c'était elle qui, au bout d'une longue période de cafard, s'était trouvée sous ma main, je la désirais — bien qu'elle fût le contraire du genre de femmes que j'aimais — et je mesurais ma bassesse en même temps, peut-être, que j'étais fasciné du fait qu'elle me couvrait absolument de honte par sa façon de se conduire partout où nous allions, manquait de me faire casser la figure avec une quantité de gens, semblait vouloir ma mort à force d'alcool et d'insomnie ;

celle à la face vieille et flétrie, piètre cocotte de province, mais au corps délicat, à la peau fine, aux cuisses et à la gorge subtilement parfumées, qui se donnait de grands airs de demi-mondaine chic, avec une toilette plutôt élégante et des manières assez « bon genre », mais qui, démolie par les drogues, dormant d'un sommeil coupé de grognements, de gestes brusques et de cauchemars, cria tout à coup, complètement inconsciente, avec une voix devenue de rogomme : « T'as pas fini, vieille salope, de me réveiller pour me foutre un mâle sur le ventre ? »

les quelques autres que je nommerai en leur lieu et en leur temps ;

celles enfin qui ne font rien, à qui je n'ose même pas parler lorsque je les rencontre, mais qui me fauchent la gorge avec leurs seuls yeux de Méduse.

Car une femme, pour moi, c'est toujours plus ou moins la Méduse ou le Radeau de la Méduse. J'entends par là que, si son regard ne me glace pas le sang, il faut alors que tout se passe comme si l'on y suppléait en s'entre-déchirant.

Il paraît que je fus un enfant docile et plutôt gai, mais je n'en ai gardé presque aucun souvenir et, sans le témoignage formel de ma mère et de ma sœur, je me refuserais aujourd'hui à y croire. De très bonne heure, je sais que j'eus le goût des larmes, joint à celui d'une certaine comédie. Il me serait à peu près impossible de dire à quels moments, même très jeune, j'étais vraiment naturel, à quels moments j'incarnais un personnage, non pas, en vérité, dans un but concerté d'hypocrisie (car, bien souvent, j'étais ma première dupe) mais par besoin instinctif de me grandir aux yeux des autres ou à mes propres yeux. Dans ma famille on considérait volontiers la sensibilité comme une vertu particulière aux membres de la maisonnée ; « de fines natures », des « sensitifs », pensait-on plus ou moins de mes frères et de moi. Aussi aimais-je m'abîmer dans les larmes ou encore m'adonner à des manèges propres à mettre en évidence cette sensibilité, tels que (ainsi que cela m'arriva une ou deux fois) me jeter exprès à bas de mon lit, d'une part pour qu'on vînt tendrement m'y remettre, d'autre part pour être plaint de mon sommeil agité. Lorsque mon second frère — qui était réellement doué pour la musique — jouait au violon quelque longue sonate ou autre morceau le plus souvent classique, je me suggestionnais jusqu'à pleurer, afin de m'acquérir une réputation de précoce mélomane et parce que je trouvais dans ces pleurs une volupté positive. Vers le début de la guerre, ma sœur — qu'on avait expédiée à Biarritz avec moi — me trouva une nuit tout en larmes, la face enfouie dans l'oreiller ; elle n'eut aucun mal à m'en faire avouer la raison : mon amour, à moi qui n'avais guère plus de treize ans, pour une femme qui avait dépassé la trentaine ; toutefois, dans ce cas particulier, je crois pouvoir affirmer que mon chagrin n'était pas entièrement simulé.

En règle générale, chaque fois que j'avais convenablement sangloté, j'éprouvais un sentiment de calme, de détente, et je m'endormais baigné d'une espèce d'euphorie, comme si toutes choses se trouvaient clarifiées et comme si (tant pis pour les grands mots) *mes pleurs m'avaient régénéré.*

Plus tard, lorsque à ces mouvements tout de même relativement authentiques se fut mêlée une certaine littérature, je me ressassai des vers tels que ceux de Verlaine sur la femme

Douce, pensive et brune et jamais étonnée
Et qui parfois vous baise au front, comme un enfant !

ou tels que le passage d'Edgar Poe sur la bien-aimée perdue, image des amours impossibles :

For the rare and radiant maiden whose angels name
Lenore,
Nameless here for evermore !

Entre autres romans qui me touchèrent au vif, en plein tourment de puberté, figure la *Nana* de Zola, que j'aimais non pas tant en raison de son côté pourri, poussière de décors, vieux relents de boudoir, eaux savonneuses de toilette, qu'à cause de l'épisode du jeune Georges Hugon, échappé de collège avec qui la grue bonne fille joue dans son lit, comme elle ferait d'un chien ou d'un petit enfant.

Sur un cahier à tranche rouge et couverture de toile grise dans lequel, vers l'âge de quatorze ans, j'inscrivais présomptueusement poèmes et pensées, je retrouve également ces quelques lignes qui, certes, me paraissent aujourd'hui de bien sottes et misérables lignes, mais qui n'ont jamais cessé d'être en accord avec ce que, osant à peine me l'avouer, je persiste à enfantinement désirer :

Oh ! vivre avec une femme aimée, tendre comme une amante, douce comme une mère, et qui partagerait mes peines et mes joies, chassant l'âpre souffrance qui mord mon cœur, écartant le triste ennui de mon front lourd, d'un regard de ses claires prunelles, ou d'un très long baiser de sa bouche si fraîche ! Oui, je voudrais être enfin compris, je voudrais pleurer dans les bras d'une femme, pleurer sans craindre la raillerie, pleurer sûr d'être consolé !

Je croyais donc, comme tant de garçons de mon âge, être incompris entre les incompris et je rêvais soit d'amantes entièrement éthérées sur lesquelles je pleurais, sachant que jamais je ne les découvrirais, soit de femmes maternelles en qui je m'enfuirais, oubliant dans leur sein mon appétit d'inaccessible, et près de qui, surtout, il me serait permis de pleurer.

J'ai bien perdu, depuis, cette faculté des larmes, et je serais tenté d'y voir un châtiment, pour m'être trop complaisamment abandonné à ces accès de sentimentalité plus ou moins frelatée. Souvent, comme par le passé, je voudrais pouvoir sangloter, mais, de jour en jour, je m'aperçois avec un peu plus de dégoût qu'il n'y a guère que la douleur corporelle qui soit capable de m'arracher des cris.

Donc, s'il y a des femmes qui m'attirent dans la mesure où elles m'échappent ou bien me paralysent et me font peur — telle Judith — il y a aussi de douces Lucrèces qui sont mes sœurs consolatrices, les seules devant lesquelles je ne me sente pas emmuré. Et si, rêvant Judith, je ne puis conquérir que Lucrèce, j'en retire une telle sensation de faiblesse que j'en suis mortellement humilié. Une seule voie, alors, me restera pour remonter à ce tragique auquel lâchement je me suis dérobé ; ce sera, afin de mieux aimer Lucrèce, de la martyriser. Il en résulte que, pratiquement, si la femme avec laquelle je vis ne m'inspire pas une sainte *terreur* (j'écris « sainte » parce que ici intervient nettement la notion du sacré) je tends à remplacer cette terreur absente par la *pitié* ; ce qui revient à dire, en termes plus précis, que je suis toujours obscurément porté à provoquer en moi la pitié pour la femme en question par des moyens artificiels, à l'aide d'une sorte de déchirement moral que je cherche à introduire au sein de la vie quotidienne, tentant de la changer un peu, grâce à ces affres répétées, en un « radeau de la Méduse » où se lamentent et se dévorent une poignée d'affamés.

Ainsi, cette exaltation d'un ordre très particulier, liée à ce qui, dans le domaine sexuel, me frappe de terreur, je la retrouve dans une certaine mesure à travers la pitié, de sorte que (telles Judith et Lucrèce vues sous l'angle du seul sang versé) ces deux pôles redeviennent à peu près identiques. Car, si j'examine avec assez de précision la nature même de cette pitié, j'en arrive à penser que le bouleversement grisant que j'en retire vient surtout du *remords* qui lui est attaché du fait que c'est moi-même qui me suis conduit lâchement, et assez cruellement pour qu'une telle pitié ait lieu de se produire. Par un chemin détourné, ce remords savoureux me ramène donc à la terreur, en l'occurrence : crainte superstitieuse d'un châtiment. Mais m'arrangeant, quand je trahis, à ne le faire qu'avec douleur — c'est-à-dire sur un plan où je suis moi aussi la victime — cela me permet, vis-à-vis de l'autre, de me tenir pour quitte ; de sorte que j'en éprouve un certain allégement. Et ainsi, tout se produit toujours, en jeu de forces contradictoires, selon un double mouvement.

Je suis incapable ici de m'exprimer clairement, non par simple pusillanimité au moment d'exposer l'une des choses dont j'ai le plus honte, mais parce que en fin de compte ces deux notions — terreur et pitié — restent confuses pour moi. Exactement de même que — sur un registre à peu près identique : tendresse et angoisse mêlées — reste ambigu ce que j'éprouve en me remémorant certains souvenirs d'enfance : les moutons blancs à cornes d'or d'une bergerie que je ne sais qui m'avait donnée (peut-être les aimais-je parce que j'avais déjà la vague idée que les moutons sont faits pour l'abattoir) ; moi-même, en tablier à carreaux bleus et blancs, gémissant : « Je m'ennuie ! » le front collé à la fraîcheur d'une vitre.

Que les explorateurs modernes de l'inconscient parlent d'Œdipe, de castration, de culpabilité, de narcissisme, je ne crois pas que cela avance beaucoup quant à l'essentiel du problème (qui reste selon moi apparenté au problème de la mort, à l'appréhension du néant et relève donc de la métaphysique). Je puis citer cependant une anecdote qui montre l'importance profonde qu'instinctivement j'attache au rapport entre la peur et la beauté, anecdote remontant à une époque de ma vie où je n'avais aucun souci conscient d'un tel rapport. Certains considéreront peut-être cette anecdote comme un éclaircissement :

En l'année 1920 ou 1921, alors que je commençais à me passionner pour la poésie moderne, ma colère noire (une des plus noires) contre mon père, à qui j'avais lu un poème d'Apollinaire (celui qui, dans *Alcools*, est intitulé « 1909 ») et qui me disait en trouver incompréhensibles et absurdes les deux derniers et admirables vers :

> Cette femme était si belle
> Qu'elle me faisait peur.

VII

AMOURS D'HOLOPHERNE

Je porte dans mes doigts le fard dont je couvre ma vie. Tissu d'événements sans importance, je te colore grâce à la magie de mon point de vue. Une mouche que j'écrase entre mes mains me prouve mon sadisme. Un verre d'alcool vidé d'un trait me hausse au niveau des grands ivrognes de Dostoïevski. Et quand je serai saoul je ferai ma confession générale, en omettant bien entendu de dire comment, pour ignorer la banalité de ma vie, je m'impose de ne la regarder qu'à travers la lunette du sublime. Je ne suis ni plus ni moins *pur* qu'un autre, mais je veux me voir pur ; je préfère cela à me voir *impur*, car pour arriver à une certaine intensité dans l'impureté, il faut dépenser trop de forces. Et je suis foncièrement paresseux.

En tous points je suis semblable au petit-bourgeois qui se donne l'illusion d'être Sardanapale en allant au bordel.

J'ai d'abord voulu jouer le rôle de Rolla, ensuite celui d'Hamlet, aujourd'hui celui de Gérard de Nerval. Lequel demain ?

J'ai toujours choisi des masques qui n'allaient pas à la sale gueule du petit-bourgeois que je suis et je n'ai copié mes héros que dans ce qu'ils ont de plus facile à imiter.

Jamais je ne me pendrai, ni m'empoisonnerai, ni me ferai tuer en duel.

Comment oserais-je me regarder si je ne portais pas soit un masque, soit des lunettes déformantes.

Ma vie est plate, plate, plate. Mes yeux seuls y voient des cataclysmes. Au fond je ne redoute vraiment que deux choses : la mort et la souffrance physique. Des maux de dents m'ont empêché de dormir, je ne pourrais guère en dire autant de mes souffrances morales.

Après cette découverte, je devrais bien me suicider, mais c'est la dernière chose que je ferai.

(Noté dans un journal intime, en 1924.)

Je pense ici à une femme en particulier, que je m'abstiendrai de définir et dont je ne dirai même rien, sinon qu'elle fut à la fois Lucrèce et Judith, Lucrèce parce que je puis la regarder comme ayant été, en un certain sens, victime de ma méchanceté, Judith par tout ce qu'il existe en elle de flétri et de dévoré. J'ajoute que je lui ai tout de suite attribué quelque chose de *racinien* et que je serais tenté de la dépeindre en Phèdre, encore plus qu'en Lucrèce ou Judith.

Nos deux destins ne se joignirent qu'en une tangence extrêmement brève ; mais, pour limités — voire à peine ébauchés — que furent nos rapports, cette rencontre toute récente m'a révélé à moi-même d'une manière si abrupte que c'est tout juste si je peux continuer à rédiger cet écrit, tant j'ai maintenant conscience de me trouver au pied du mur, dans un état de dénuement excluant toute possibilité de me forger des mythes, ou de ces pôles à demi légendaires auxquels — si ardemment qu'on aspire à la sincérité — l'on se réfère toujours, parce que eux seuls permettent de vivre.

Je m'adresse ici à cette femme uniquement parce qu'elle est absente (à qui écrirait-on sinon à une personne absente ?). De par son éloignement, elle se confond avec ma nostalgie, s'insinue entre moi et la plupart de mes pensées. Il n'est pas question, certes, qu'elle soit *objet aimé*, seulement *substance de mélancolie*, image — forfuite peut-être mais cependant appropriée — de tout ce qui me manque, c'est-à-dire de tout ce que je désire et qui me tient de ce besoin urgent de m'exprimer, de formuler en phrases plus ou moins convaincantes le toujours trop peu que je ressens et de le fixer sur un papier, pénétré que je suis de l'idée qu'une muse est nécessairement une morte, une inaccessible ou une absente, que l'édifice poétique — semblable à un canon qui n'est qu'un trou avec du bronze autour — ne saurait reposer que sur ce qu'on n'a pas, et qu'il ne peut, tout compte fait, s'agir d'écrire que pour combler un vide ou tout au moins situer, par rapport à la partie la plus lucide de nous-même, le lieu où bée cet incommensurable abîme.

L'une des choses sur lesquelles le semblant d'aventure que j'eus avec cette femme m'a le mieux — et le plus tristement — éclairé est la suivante. Tous mes amis le savent : je suis un spécialiste, un maniaque de la confession ; or, ce qui me pousse — surtout avec les femmes — aux confidences, c'est la timidité. Quand je suis seul avec un être que son sexe suffit à rendre si différent de moi, mon sentiment d'isolement et de misère devient tel que, désespérant de trouver à dire à mon interlocutrice quelque chose qui puisse être le support d'une conversation, incapable aussi de la courtiser s'il se trouve que je la désire, je me mets, faute d'un autre sujet, à parler de moi-même ; au fur et à mesure que s'écoulent mes phrases la tension monte, et il advient que j'en arrive à instaurer entre ma partenaire et moi un surprenant courant de drame, car, plus mon trouble présent m'angoisse, plus je parle de moi d'une manière angoissée, appuyant longuement sur cette sensation de solitude, de séparation d'avec le monde extérieur, et finissant par ignorer si cette tragédie par moi décrite correspond à la réalité permanente de ce que je suis ou n'est qu'expression imagée de cette angoisse momentanée que je subis sitôt entré en contact avec un être humain et mis, en quelque manière, en demeure de parler. Ainsi je suis, devant une femme, toujours en état d'infériorité ; pour qu'il se produise quelque chose de décisif entre nous, il faut que ce soit elle qui me tende la main ; de sorte que ce n'est jamais à moi qu'échoit le rôle normal du mâle qui conquiert mais toujours moi qui représente, dans cette joute de deux forces, l'élément dominé. Bien plus, m'étant en somme laissé faire et ayant accepté l'occasion, qu'elle soit conforme ou non à mes désirs, j'éprouve à chaque fois l'humiliante sensation de m'être contenté de ce qui se présentait à moi, de n'avoir pas *choisi*. D'où cette impression constante de faiblesse en même temps que de tricherie, s'il arrive que j'aime et que je sois aimé.

C'est à l'occasion de cette aventure également — à la faveur du trouble dans lequel m'avait plongé cette femme que j'ai fini par trouver plus prétentieuse que touchante et presque détester — que j'ai pu clairement percevoir le mécanisme de ma constante oscillation entre dégoût et nostalgie : se détester soi-même jusqu'à vouloir presque mourir (tout en tremblant devant le moindre geste de menace esquissé par le monde extérieur), aimer ce qu'on n'a pas (même si c'est pire que ce qu'on a), vouloir toujours être ailleurs, s'attacher aux choses et aux gens dans ce qu'ils ont de plus particulier, étranger, déroutant et s'en détacher tout à coup parce qu'on méprise cet attachement qui se réduit, en fin de compte, à rien de plus qu'un certain goût du pittoresque, un attrait d'orchidée-dilettante envers ce qui est exotique, aussi bien en ce qui concerne les pays jamais vus (où

l'on s'imagine qu'êtres et choses auront plus de douceur), les idées jamais pensées, que les femmes avec
qui l'on n'a pas couché, soit que — avec un dédain
mensonger — on ait trouvé les raisins trop verts, soit
qu'on ait choisi ces supports à désir en raison même
de leur inaccessibilité (ce qui coupe court à tout,
excuse l'inertie, étant bien entendu qu'il n'y a rien à
faire contre l'inaccessible) — et tout cela pour se
masquer qu'on a peur de la vie, seule constatation
qu'on essaye jusqu'au bout d'éluder, à cause de ce
qu'elle a de cru et de peu exaltant.

En dehors de certaines rencontres de ce genre —
en nombre si restreint que c'est à peine si j'ai le droit
de dire un « nombre » —, en dehors de quelques
vagues amitiés amoureuses, flirts, ou coucheries de
pure vénalité, je n'ai jamais eu qu'une vie sentimentale très pauvre, tout juste marquée par deux
liaisons dont l'une — avec cette femme au prénom
anglais dont j'ai déjà parlé — a duré quatre années
et l'autre — mon mariage — commença il y aura
bientôt dix ans.

KAY

Kay (tel est le nom que je lui donnerai) lorsque je
l'ai connue était en train de divorcer. C'est elle qui
fut mon initiatrice. Cela reste inséparable pour moi
du temps où j'aimais avec passion la danse, commençais d'être anglomane, pratiquais furieusement le
noctambulisme ; c'est-à-dire peu après la guerre, à
cette mémorable époque des *surprise-parties* qui n'est
pas près d'être oubliée par ceux qui l'ont vécue, je
crois.

Durant les années qui suivirent immédiatement le 11 novembre 1918, les nationalités étaient suffisamment mélangées et le compartimentage social assez atténué — au moins en ce qui concerne la bourgeoisie aisée — pour que la plupart des « parties » organisées par la jeunesse fussent de bizarres mélanges où les gens les mieux élevés voisinaient avec une sorte de pègre de dancings. On buvait beaucoup, on flirtait ferme et souvent plus, avec l'étonnante sensation de liberté que l'on tirait du fait de se trouver généralement en inconnu chez des maîtres de maison inconnus, en compagnie d'une foule de gens dont le plus grand nombre s'ignoraient mutuellement et dont une notable portion n'était, même, à peu près connue de personne.

Dans ce genre de réunions les dégâts étaient fréquents, voire le pillage. Malheur aux pianos dans lesquels, pour être drôle ou bien par simple négligence, on jetait des allumettes mal éteintes, des mégots encore incandescents, ou qu'on abreuvait de champagne. Malheur aux verres, aux tapis, à la vaisselle, et aux bijoux parfois ! La femme d'un banquier israélite fut ainsi dévalisée au cours d'une surprise-partie organisée dans son hôtel particulier par les amis de ses filles ; après le départ des pseudo-envahisseurs, l'honnête mère de famille constata une lacune parmi ses joyaux et découvrit en outre sur ses draps des traces ne laissant aucun doute sur l'usage qui avait été fait du lit conjugal.

Certaine bande de filles et de garçons avaient une réputation d'écumeurs : ils étaient à l'affût de toutes les « parties » et dès que, par l'un ou par l'autre, ils étaient avertis qu'une de ces petites fêtes avait lieu ils s'y précipitaient ; ne se souciant aucunement des autres participants, ils ne dansaient qu'entre eux et — n'ayant eux-mêmes rien apporté, ou peu s'en faut, en fait de victuailles ou de boissons — nettoyaient en un tournemain le buffet, puis s'en allaient ailleurs après avoir tout liquidé ; à tel point que, lorsqu'ils furent repérés, les intimes des maîtres de maison prirent sur eux d'organiser autour des buffets une sorte de garde d'honneur ou de police.

Une année environ avant la fin de la guerre était apparu le jazz, d'abord très différent de ce qu'il est devenu depuis. L'orchestre ne comportait pas de cuivres mais seulement, en dehors du piano et de la batterie, des instruments à cordes : banjos, contre-basse, qui ressassaient le rythme ; en outre chaque exécution était, presque d'un bout à l'autre, domi-née par la batterie, qui s'avérait écrasante. Il y a loin des cadences implacablement obsédantes de cette époque aux productions même les plus acérées qu'on entend aujourd'hui ; la qualité était plus médiocre sans doute, à coup sûr plus grossière, et il y avait beaucoup moins d'invention, mais je crois pou-voir affirmer, sans qu'on puisse imputer ce jugement à l'émoussement de mes sensations (c'est-à-dire, en dernière analyse, au fait que depuis lors j'ai vieilli de plus de quinze années), que le jazz se présentait alors avec une frénésie que nous font regretter — quel que soit l'indéniable perfectionnement qu'elles représentent — la plupart des auditions actuelles, si « artistiques » et si guindées sauf dans les cas très rares où s'y donne libre cours le baroque le plus déli-rant.

Dans la période de grande licence qui suivit les hostilités, le jazz fut un signe de ralliement, un éten-dard orgiaque, aux couleurs du moment. Il agissait magiquement et son mode d'influence peut être comparé à une possession. C'était le meilleur élé-ment pour donner leur vrai sens à ces fêtes, un sens *religieux*, avec communion par la danse, l'érotisme

latent ou manifesté, et la boisson, moyen le plus efficace de niveler le fossé qui sépare les individus les
uns des autres dans toute espèce de réunion. Brassés
dans les violentes bouffées d'air chaud issues des tropiques, il passait dans le jazz assez de relents de civilisation finie, d'humanité se soumettant aveuglément
à la machine, pour exprimer aussi totalement qu'il
est possible l'état d'esprit d'au moins quelques-uns
d'entre nous : démoralisation plus ou moins
consciente née de la guerre, ébahissement naïf
devant le confort et les derniers cris du progrès, goût
du décor contemporain dont nous devions cependant pressentir confusément l'inanité, abandon à la
joie animale de subir l'influence du rythme
moderne, aspiration sous-jacente à une vie neuve où
une place plus large serait faite à toutes les candeurs
sauvages dont le désir, bien que tout à fait informe
encore, nous ravageait. Première manifestation des
nègres, mythe des édens de couleur qui devait me
mener jusqu'en Afrique et, par-delà l'Afrique,
jusqu'à l'ethnographie.

C'est sous ce signe trépidant du jazz — dont la frivolité masquait une secrète nostalgie — que s'opéra
mon union avec Kay, première femme que j'aie
authentiquement connue.

Au hasard des « parties », promenades avenue du
Bois et circonstances sociales de tous ordres, je ren-
contrais alors un très grand nombre de jeunes filles
(françaises, anglo-saxonnes, scandinaves, grecques,
américaines du sud) et disposais par conséquent de
pas mal d'occasions de flirter ; mais je n'en usais
guère, par timidité d'abord, à cause aussi d'un vague
romantisme, d'un côté « fleur bleue » et passion platonique dont je ne soupçonnais pas alors les racines
profondes. J'avais passé tant bien que mal mon baccalauréat vers la fin de la guerre ; j'étais à l'âge où il

convient de choisir ce qu'on appelle une carrière, mais je n'étais sollicité par rien. Autrefois mon père avait rêvé de faire de moi un polytechnicien ; bien que très peu de temps plus tard, sous l'influence de l'ami dont je vais avoir à parler, j'aie entrepris d'étudier la chimie, je professais le plus grand mépris pour les sciences exactes, ne songeant d'ailleurs nullement à préparer quelque diplôme que ce fût, lisant peu et ne faisant autant dire rien. Un seul métier m'impressionnait, ou plutôt une seule étiquette : celle d'*exporter and importer*, parce que je m'imaginais qu'il suffisait d'envoyer en divers points du globe quelques lettres dactylographiées traitant de barres de cuivre, de balles de coton ou de caisses de whisky pour gagner beaucoup d'argent, et d'une manière fort élégante, vu le caractère anglo-saxon de l'étiquette. J'avais d'ailleurs l'exemple d'un garçon de ma connaissance, que j'admirais pour sa façon de s'habiller, ses relations dans les grands bars et qui avait réussi à assez bien se débrouiller dans la liquidation des stocks américains. En somme, je ne me destinais à rien, vivant dans la simple attente d'une aventure sentimentale qui transfigurerait mon existence, me tirant de cet ennui profond que n'animait aucune velléité de vocation.

Vers la fin de cette période — remuante en surface mais déjà grosse de tout l'ennui qui ne manquerait pas de surgir sitôt les premières vagues apaisées — je me mis à noctambuler beaucoup, ayant pour inséparables compagnons un camarade de lycée d'origine à demi britannique, personnage osseux et précocement menacé par la tuberculose que j'avais retrouvé au hasard d'une soirée, ainsi qu'une fille de quelques années plus âgée que nous connue dans les mêmes conditions, assez riche et un peu déséquilibrée, qui était étudiante. Notre association reposait sur l'amour de la danse, et aussi sur le goût d'une certaine pureté, mépris des choses sexuelles qui nous semblaient vulgaires et basses, jugement sévère sur la vie dont tout nous paraissait inacceptable sinon peut-être un certain genre de relations sentimentales, passionnées en même temps que désespérément chastes, et dont l'étrange état d'amitié amoureuse dans lequel nous vivions aurait pu être le modèle. Nous ne nous quittions autant dire pas. Dès le matin, à deux ou à trois, nous nous rencontrions ; une grande partie de la journée se passait à flâner dans Paris, manger des glaces ou aller au dancing ; le soir, nous fréquentions les « surprise-parties » ou bien allions à un club de danse où se réunissaient, entre autres gens, la bande d'écumeurs dont j'ai parlé plus haut. C'était l'époque où l'on portait des pantalons étroits en bas et des souliers à bouts pointus pour avoir l'air américain ; mon camarade et moi nous sacrifiions à cette mode et l'une de nos préoccupations était, chorégraphiquement, d'attraper le frémissement d'épaule qui constituait le fin du fin pour danser le *shimmy*.

La nuit, nous nous promenions avenue du Bois et, assis sur les bancs, longuement divaguions. L'étudiante se disait amoureuse d'un homme fait, parent de mon camarade, qu'elle voulait épouser et, tous trois ensemble, nous tirions des plans. Elle n'était pas dénuée de charme mais boitait légèrement et ressemblait un peu à un oiseau de nuit à cause de la faculté qu'elle avait de fermer un œil sans fermer l'autre ni même cligner. Peut-être, en raison de cela, l'appelions-nous la Chouette ? De même que mon camarade avait reçu le surnom d'Homme-à-la-tête-d'épingle, vu l'exiguïté de son crâne par rapport à sa stature effilée et à ses épaules en portemanteau.

La Chouette était quelque peu mythomane, d'où

son goût très vif pour les conciliabules, histoires compliquées, mystères et tout ce qui donne l'illusion d'une existence romanesque que seuls peuvent mener de rares privilégiés. Elle se plaignait beaucoup de sa mère, qu'elle nous donnait pour une marâtre, et s'était même inventé une demi-sœur, fille plus jolie qu'elle qui l'aurait accablée quotidiennement de sarcasmes, entrouvrant par exemple la porte de la salle de bains au moment où elle s'y trouvait nue et lui décochant ironiquement des noms de divinités. « Vénus ! Diane chasseresse ! » telles sont les épithètes que cette vilaine sœur lui aurait appliquées par antiphrase, pour se moquer de sa boiterie.

Les caresses qui s'échangeaient de la fille à nous deux garçons se réduisaient à peu de chose. Nous parlions beaucoup d'amitié idéale, de désespoir, de chasteté ; cependant l'étudiante — peut-être seulement afin d'insister sur le peu d'attirance charnelle qu'elle avait pour les hommes — se prétendait lesbienne : « Je ne connais rien de plus beau qu'un joli bras de femme », nous disait-elle souvent.

Nous nous baignions dans la mélancolie de certains disques, d'origine supposée hawaïenne ; nous feignions aussi parfois une sorte d'humour macabre qui nous restait, à mon camarade et à moi, de notre période lycéenne lorsque, pendant la guerre, nous ornions copies et cahiers de dessins représentant des squelettes élégamment habillés en civils ou revêtus de fantaisistes uniformes. Car nous avions le culte du rare, du bizarre, et de ce que nous appelions « les excentricités ». Longtemps nous avions professé, mon camarade et moi, une grande admiration pour le fait d'armes de cet officier écossais déclenchant une charge en lançant d'un coup de pied un ballon de football dans la tranchée adverse. Le soir de l'armistice, j'avais été moi-même ébloui, dans un petit théâtre proche des boulevards qui avait été l'un des grands lieux de rendez-vous des noceurs de l'avant et de l'arrière, par le geste suivant, qui me semblait sublime d'excentricité : un garçon ultra-chic, qui avait perdu un bras vers le début des hostilités, était installé au promenoir, très saoul, muni d'un stick qui n'était autre que l'os de son bras amputé, qu'il lançait parfois à la volée dans la salle et que les spectateurs lui renvoyaient, en riant, tout comme lui, aux éclats. L'« excentricité » semblait le signe par lequel un petit nombre d'élus se reconnaissaient entre eux ; cela pouvait se passer aussi bien sur le plan héroïque que sur le plan quotidien (par exemple : allumer sa cigarette à la flamme d'un réverbère, essayer de faire tomber les gens occupés dans les vespasiennes en leur attrapant la jambe, de l'extérieur, avec une canne à manche recourbé, se livrer à n'importe quelle mauvaise farce avec le maximum de flegme amer) ; c'était avant tout comme la marque d'une confrérie.

Je ne sais jusqu'à quand une telle intimité entre la Chouette, l'Homme-à-la-tête-d'épingle et moi aurait bien pu durer, s'il n'était survenu un quatrième compagnon qui s'adjoignit à nous et entra dans le jeu, bien que lui ne fût pas vierge et ne se souciât aucunement d'ascétisme. C'était un garçon grand et fort, assez vulgaire et plutôt brute ; tout à fait à la fin de la guerre il avait été mobilisé, ce qui lui conférait nettement, par rapport à l'Homme-à-la-tête-d'épingle et à moi, une position d'aîné. Bien qu'il n'y eût rien de litigieux dans nos relations, du seul fait de la différence entre nos aspects physiques et nos comportements, notre amie nous baptisa, lui, « le Faune » et moi « la Nymphe », ce qui montre bien le prestige que, sans même qu'elle s'en rendît compte, il avait à ses yeux. Déjà, étant encore en classe, dans la petite école que je fréquentais avant d'aller au lycée, mes camarades m'avaient affublé d'un sobriquet féminin : « Gyptis », du nom, je crois, d'une fille qui joua un rôle dans la fondation de Phocée, histoire qui avait été le sujet d'une de nos versions latines.

Avant même que ma liaison avec Kay eût tout rompu, prenant figure de trahison à notre pacte d'amitié, l'addition d'un élément nouveau fut un point noir qui troubla notre entente.

Je n'avais quant à moi aucune sympathie pour le nouveau personnage ; son genre costaud, « homme à femmes » me dégoûtait et je me demandais s'il ne se passerait pas un jour entre la Chouette et lui un événement sexuel précis qui ruinerait l'équilibre de notre association. D'un point de vue plus strictement sentimental, j'étais jaloux aussi, sentant entre la fille et mes deux compagnons mâles (qui, d'ailleurs, étaient amis entre eux, en dehors de notre petit groupe, et avaient même certains liens de famille que je n'ai jamais clairement démêlés) plus d'intimité qu'avec moi ; il y avait en effet entre eux trois certains secrets auxquels je demeurais étranger, relatifs au mariage souhaité par l'étudiante, intrigue à laquelle l'Homme-à-la-tête-d'épingle et notre nouveau compagnon étaient directement mêlés.

J'étais très malheureux, percevant qu'il y avait dans nos rapports quelque chose de changé, pressentant vaguement que tout cela n'était pas viable, mais loin de me douter, alors, que ce serait de mon côté que viendrait la cause effective de désaccord.

Une fois, sans aucune raison précise mais simplement au nom de la pureté, j'avais tenté de me suicider, ou plutôt fait semblant de vouloir me suicider : nous trouvant tous quatre avenue du Bois, au sortir d'une soirée, je m'étais sauvé en courant, serrant dans ma main droite un flacon de cyanure de potassium rapporté par l'Homme-à-la-tête-d'épingle du laboratoire de chimie où il faisait alors ses études ; bien entendu mes compagnons me rattrapèrent avant même que j'aie pu approcher le flacon de mes lèvres ; cela se termina plus ou moins dans les larmes et les effusions réciproques ; mais c'était suffisant pour entretenir une atmosphère.

Nous mettions un indéniable point d'honneur à nous ranger du côté de la mort, l'impossibilité même de vivre nous paraissant (comme il s'en faut de peu qu'elle ne me paraisse encore) le grand critère de moralité. En ce qui concerne l'Homme-à-la-tête-d'épingle, il était tacitement entendu qu'il mourrait poitrinaire, et quant à l'étudiante elle avait à son actif deux tentatives de suicide. Une première fois, selon du moins ce qu'elle nous avait raconté, elle avait absorbé au cours d'un bal chez sa mère le contenu entier d'un flacon de laudanum, sans parvenir à autre chose qu'à se donner un violent mal de cœur. Une autre fois, étant allés, l'Homme-à-la-tête-d'épingle et moi, la chercher chez elle, nous avions appris par la femme de chambre qu'elle s'était enfuie en courant, disant qu'elle allait vers la Seine ; prenant cette déclaration tout à fait au sérieux, et du reste affamés de tragique, nous nous étions immédiatement lancés à sa poursuite, mais n'avions pas même eu besoin de la rejoindre pour éviter qu'elle mît à exécution son sinistre dessein.

Bien que le plus clair de notre temps se fondît dans une entière frivolité, que nous fussions des piliers de dancing et qu'on eût pu nous accoler n'importe quelle épithète plutôt que celle de « littéraires », une certaine poésie n'allait pas sans nous toucher ; mais il s'agissait naturellement de la plus sentimentale, la plus facile, la plus niaise. Nous nous emballâmes ainsi pour de pitoyables bohèmes qui tenaient boutique dans un vague cabaret au nom moyenâgeux. Toute une soirée, nous nous gargarisâmes de leurs chansons ; puis nous nous abîmâmes dans la tristesse, rêvant à la « vraie vie » que nous semblaient mener ces misérables cabots indignes même du nom d'esthètes. Sans pouvoir l'affirmer, je ne serais pas étonné que ma fallacieuse tentative de suicide remonte à cette phase de l'histoire de notre association.

Sortant à peu près nuit et jour, buvant assez volontiers (surtout en ce qui concerne l'Homme-à-la-tête-d'épingle et moi), nous énervant beaucoup par nos conversations, nos intrigues, nos secrets et le caractère trouble de nos rapports, nous parvînmes rapidement à un état de fatigue extrême qui ne faisait qu'accentuer notre hypersensibilité.

Un soir que nous étions allés danser chez une cousine de l'étudiante, mon camarade se trouva mal entre deux fox-trot ou tangos et il dut se faire reconduire. Un autre jour, rentrant chez moi à pied après une nuit de vagabondage, je fus la proie de sortes d'hallucinations (silhouettes imaginaires tournant brusquement les coins de rues au moment où j'y arrivais, grand singe franchissant d'un bond une grille) qui me prouvaient que je dormais debout ; cependant, ayant le goût de ce marasme, je ne voulais rien savoir pour me reposer. De tels incidents, d'ailleurs, nous faisaient plutôt rire et je me rappelle que l'étudiante et moi échangeâmes une fois, en ricanant à moitié, nos impressions sur l'évanouissement de l'Homme-à-la-tête-d'épingle, si exténué que nous nous disions qu'il allait bientôt en mourir.

Il était convenu implicitement entre nous que si l'un des garçons venait à avoir une maîtresse (excepté le Faune, qui avait tous les droits, étant situé — de par sa qualité de « faune » — sur un tout autre plan) il ne pourrait plus être question d'amitié avec lui et que cela équivaudrait, en somme, à une rupture. Il n'y avait rien là de si conventionnel et sans doute ne faisions-nous que pressentir ce qu'il m'a été loisible de vérifier plus tard, à savoir que l'amour est l'ennemi de l'amitié, que toute liaison durable implique un changement total de perspective, bref que l'amitié n'est réellement entière que pendant la jeunesse alors que les paires d'hommes et de femmes ne se sont pas encore formées, attaquant dans ses bases mêmes cet esprit de société secrète par lequel les rapports amicaux, s'ils sont tout à fait profonds, ne manquent pas d'être dominés.

Toute mon activité sentimentale trouvait donc son point d'application dans cette espèce de société. Je n'attendais aucun amour précis, ne concevant rien de plus humainement valable que cette complicité amicale (pour un peu, nous nous serions identifiés à un groupe de bandits) au sein de laquelle j'étais plongé. Cependant j'éprouvais une langueur ina-vouée, rejetant en paroles tout amour et le qualifiant d'impossible, bien qu'aspirant souterrainement à cette révélation qui me consacrerait en tant qu'homme et serait la revanche de mes échecs passés.

Car j'aurais peine à énumérer tous mes déboires : velléités premières d'amour pour des fillettes aux-quelles j'avais tôt fait de renoncer même si elles se montraient conciliantes, parce que je n'osais rien leur dire, ou que j'en avais honte ne les jugeant pas assez grandes et préférais m'adresser à des filles nubiles qui me traitaient comme un enfant ; tenta-tives plus précises telles que celle avec cette grue en compagnie de qui mon père m'avait rencontré, ou mon initiation manquée au bordel quand, sans être parvenu à mes fins, j'étais redescendu vers mes compagnons et m'étais dit « déshonoré » ; événements dérisoires qui servaient de pâture à ma sentimentalité larmoyante, telle l'histoire de cette camarade — roulure de bar — qui m'avait un jour prêté dix francs et que j'avais baisée sur la bouche enivré à l'idée que j'étais un maquereau, ou telle encore la rencontre auprès de Tabarin — un soir que je traînais avec d'autres garçons — d'une femme qui nous avait donné les cigarettes dont nous manquions, ce qui m'avait ému aux larmes ; filles délurées que je ne courtisais qu'en paroles (alors qu'elles attendaient de moi un manège plus précis) ou que je ne faisais qu'embrasser (l'une notamment, qui m'aimait bien — je l'ai appris plus tard, quand elle mourut tuberculeuse — mais dont je ne fus jamais l'amant parce que son dévergondage me faisait redouter d'être trahi et bafoué) ; cocktails nombreux payés à des catins dont j'obtenais à peine quelques caresses ; noires saouleries à plusieurs dans des chambres d'hôtel d'où je ressortais toujours vierge ; coucheries enfantinement quémandées et toujours éludées ; flirts avortés.

Toujours est-il que (comme au temps où je sanglotais dans mon lit faute de deux bras entre lesquels je pourrais m'engloutir) je souffrais d'un vide si grand que je n'imaginais même pas qu'il pût jamais être comblé. C'est ce que m'apporta Kay, pourtant, au moins durant les premiers jours, et il est possible, après tout, qu'une vie vaille d'être vécue si l'on a eu, même pour un court laps de temps, la sensation de ce vide comblé. Pour que ma jonction avec Kay ait pu se produire, il a fallu, certes, bien des circonstances, qui me semblaient proprement *merveilleuses* parce que n'y intervenait pas ma volonté.

Une nuit que par extraordinaire je m'étais couché

tôt, je rêvai d'une union très douce avec une femme brune qui ressemblait, je crois, à un portrait de l'impératrice Eugénie vu dans le livre d'histoire que j'étudiais lors de mon premier baccalauréat. Dans l'état où j'étais, un tel songe faisait apparition prometteuse, ange venu pour me sauver. Aussi ne fus-je pas surpris, le lendemain matin, de recevoir d'une jeune fille avec qui, pas mal de mois auparavant, j'avais un peu flirté, une lettre qui n'était autre qu'une de ces « chaînes », formules qu'il était alors d'usage de se transmettre en procédant de la façon suivante : copier trois fois et envoyer à trois personnes différentes. Au début du texte, cette « chaîne » était donnée comme émanant, à l'origine, d'un officier américain revenu sain et sauf de la guerre ; à celui qui se conformait au protocole devait advenir, neuf jours après, un « grand bonheur ».

Scrupuleusement je recopiai la chaîne et l'adressai à trois personnes différentes, non que je crusse beaucoup à l'efficacité du rite, mais parce que j'étais content qu'une amie perdue de vue eût pensé à me l'envoyer, surtout en un moment tel qu'il pouvait presque sembler que, devinant mon marasme, elle avait voulu m'aider.

Je ne me rappelle plus qui étaient ces trois personnes ; je sais seulement qu'il y avait parmi elles une jeune fille que j'avais connue dans le même temps et les mêmes lieux que celle qui m'avait passé la chaîne. Elle me répondit, du bain de mer où elle se trouvait, par une carte postale signée de son prénom retourné, afin de jouer au mystérieux. J'eus vite fait, bien entendu, de déchiffrer l'énigme et je fus une deuxième fois content car il me semblait, décidément, qu'on ne m'oubliait pas dans ma solitude.

Neuf jours après (jour pour jour) l'expédition de mes trois lettres, la Chouette nous emmenait l'Homme-à-la-tête-d'épingle et moi, chez une de ses amies qui occupait seule un gentil appartement, étant en instance de divorce. Kay n'était pas brune mais plutôt blonde, frêle d'allure, avec dans le visage quelque chose d'un peu hautain, en même temps que vif et passionné. J'ai su plus tard qu'elle avait été élevée dans un pensionnat de religieuses et qu'elle avait même montré, vers l'âge de la formation, quelque penchant pour le mysticisme ; mais il n'en paraissait rien sous ses dehors émancipés, sinon peut-être ce léger air de réserve et de dignité.

J'étais alors parvenu au comble de la fatigue. Je ne me rappelle pas du tout quel effet me fit Kay au moment où je la vis ; il me semble seulement qu'il dut y avoir entre nous, dès les premiers instants, une sorte de complicité. Peut-être même me disais-je : « C'est par cette femme que je serai sauvé ! »

Nous bûmes un peu et nous causâmes. La soirée n'était pas très avancée quand — nervosité ou épuisement ? — je fus pris d'un soudain accès de fièvre qui me fit claquer des dents. A l'heure actuelle je ne sais positivement pas si cette fièvre était réelle — provoquée par mon état physique — ou due plutôt à l'émotion que j'éprouvais à me trouver devant Kay. Le plus probable est que j'étais en proie à cette horreur sacrée, à cette impression de pétrification et de membres cassés qui ne m'a jamais quitté et qui m'étreint toujours, dès que je suis en face de l'amour.

J'étais si mal qu'on m'étendit sur un divan. Tous s'empressèrent autour de moi, y compris Kay, qui me soigna avec une grande sollicitude. Nous nous en allâmes dès que je fus remis, non sans que je me sois excusé pour le grotesque accident et que rendez-vous ait été pris pour une autre soirée. Mes amis me ramenèrent en taxi. Kay me raconta par la suite que l'étudiante m'avait dépeint à elle comme un grand buveur de cocktails et avait expliqué par ce précoce alcoolisme le malaise qui m'avait terrassé.

J'étais — ou je m'imaginais — tellement épuisé lorsque je retournai chez Kay (qui habitait pas très loin de chez moi), que j'y allai m'appuyant ostensiblement sur une canne, tant j'avais de peine à marcher. Avant de monter, je m'arrêtai un instant à un zinc pour boire un verre de café noir, avec l'idée de me soutenir. En haut je me sentis mieux, Kay parut contente de me voir rétabli et la réunion fut très gaie. Il y avait des disques tels que nous les chérissions et — puisque partout où nous allions la Chouette nous présentait comme « ses danseurs » — il ne fut pas question d'autre chose que de danser. A un certain moment je descendis avec Kay chercher des bouteilles à la cave ; comme elle me précédait dans l'escalier j'eus envie d'embrasser sa nuque, mais je n'osai le faire. Puis, assez tard dans la soirée, l'on joua à se déguiser : Kay revêtit mon complet veston, prit ma canne et mon chapeau, me prêta une robe et divers effets à elle, m'aida à me maquiller ; l'étudiante et mon camarade troquèrent de même leurs vêtements. Les deux couples ainsi formés exécutèrent des numéros genre music-hall, firent semblant de flirter. J'étais très fier d'être bien, plutôt que ridicule, en femme. Toute difficulté était pour moi levée, vu que, grâce à mon travestissement, je n'avais qu'à me laisser faire. Je trouvais aussi un plaisir positif dans cet apparent changement de sexe, qui transformait les rapports sexuels en jeu et y introduisait une espèce de légèreté. Feignant de me courtiser, Kay m'appelait de mon nom féminisé — Micheline — prénom que projetait de me donner ma mère alors que, grosse de moi, elle souhaitait d'avoir une fille. Couchés sur le divan à côté de la Chouette qui

— dormant ou non ? — ricanait et se tournait constamment, nous passâmes insensiblement des baisers de théâtre à d'authentiques baisers. Soucieux de se ménager depuis son évanouissement, l'Homme-à-la-tête-d'épingle était reparti il y avait déjà longtemps.

Au matin, la Chouette et moi nous prîmes congé ; je la reconduisis jusque chez elle et nous nous séparâmes comme si rien ne s'était passé.

Dans la même semaine, une soirée analogue eut lieu, au cours de laquelle nous dansâmes, non travestis cette fois. Nous nous étions retrouvés, je crois, à notre club de danse ; Kay devait porter ce soir-là ce chapeau que je lui ai vu souvent au début de notre liaison et qui lui donnait un air de cygne. Notre troisième compagnon était présent et j'étais jaloux de lui, craignant que ses airs de tombeur n'en imposassent à celle à qui, depuis la nuit des déguisements, je me sentais promis. Il n'en fut rien, heureusement ! et, lorsque nous nous en allâmes, Kay me dit tout bas de revenir, que sa porte serait ouverte et qu'il me suffirait de la pousser. Descendu en même temps que mes amis, je fis quelques pas avec eux dans la rue, puis les quittai sous un prétexte quelconque (qui ne dut leur faire aucunement illusion) et retournai chez Kay. Elle m'attendait derrière sa porte entrebâillée, en peignoir, déjà apprêtée pour la nuit. Nous nous enlaçâmes presque aussitôt sur le divan, échangeant des mots et des caresses passionnées, mais, le moment rêvé venu, mon émoi fut si terrible que je me montrai incapable de la moindre virilité.

Cela se passait le 7 août 1919 et j'avais dix-huit ans. Ce n'est qu'un ou deux jours après que je perdis effectivement ma virginité, lorsque je me fus habitué. Kay, un peu surprise, n'avait pas mis cette impuissance sur le compte de la timidité mais l'avait attribuée à mon état de fatigue et d'alcoolisme.

Pendant huit jours je triomphai : le monde n'était plus à sa place, j'avais trouvé la Fée par qui tout était transformé, j'éprouvais la sensation d'une ivresse spirituelle inouïe. Au point de vue physique, je ne connaissais pas de tels transports : il me semblait que ma vigueur était illimitée, que j'étais fait pour donner sans relâche du plaisir et rien n'avait autant d'attrait pour moi que ce bonheur donné, mais je me souciais si peu de mon propre plaisir qu'il en était presque annulé ; parfois j'étais même obligé de feindre, et ce qui le plus réellement me grisait était le parfum de rouerie né de cette comédie que je jouais lucidement, sans être dupe de moi à aucun degré. Ascétisme dans la fornication, désintéressement dans la possession, *sacrifice* dans la jouissance, telles étaient aussi les idées dont l'apparence antinomique m'exaltait. Il fallut un certain temps pour que je m'habituasse à ne plus simuler, à me perdre, à m'enfoncer dans le plaisir. Peu à peu je me liai charnellement et sentimentalement. Nous inventâmes toute une mythologie d'alcôve et, avant que cet amour se fût entièrement effrité, cela dura quatre ans. Dès les premiers jours, je m'étais détaché, automatiquement, de mes amis l'Homme-à-la-tête-d'épingle et l'étudiante.

Dans l'émiettement de cette liaison intervinrent divers éléments que je ne saurais passer sous silence, bien que pour certains d'entre eux au moins il m'en coûte de les révéler.

D'abord, la *lassitude*, la satiété pure et simple, le besoin de changement. L'amour — seule possibilité de coïncidence entre le sujet et l'objet, seul moyen d'accéder au sacré que représente l'objet convoité dans la mesure où il nous est un monde extérieur et étrange — implique sa propre négation du fait que tenir le sacré c'est en même temps le profaner et finalement le détruire en le dépouillant peu à peu de son caractère d'étrangeté. Un amour durable, c'est un sacré qui met longtemps à s'épuiser. Dans l'érotisme brut, tout est plus direct et plus clair : pour que le désir reste éveillé, il n'a qu'à changer d'objet. Le malheur commence à partir du moment où l'homme ne veut plus changer d'objet, où il veut le sacré chez soi, à portée de sa main, en permanence ; où il ne lui suffit plus d'adorer un sacré mais où il veut — devenu dieu lui-même — être pour l'autre, à son tour, un sacré, que l'autre adore en permanence. Car, entre ces deux êtres sacrés l'un pour l'autre et s'adorant réciproquement, il n'y a plus la possibilité de nul mouvement, sinon dans un sens de profanation, de déchéance. La seule chance pratique de salut est l'amour voué à une créature assez personnelle pour que, malgré l'incessant rapprochement, l'on n'atteigne jamais la limite de la connaissance que l'on peut en fait avoir d'elle, ou douée d'une suffisante coquetterie instinctive pour que, si profondément qu'elle vous aime, il semble qu'à chaque instant elle soit prête à s'échapper.

Ensuite, l'*idée de la mort*, dans laquelle je m'enfonçai peu à peu, songeant au déclin inévitable de cette femme, de quelques années plus vieille que moi. Jamais, avant que je ne sois plus vierge, je n'avais été à tel point préoccupé du vieillissement. Cette obsession me vint à propos de l'acte érotique qui, au bout d'un certain temps, me parut une dérision, par rapport à la laideur que ne manqueraient pas d'acquérir nos corps, susceptibles jusqu'à présent d'être regardés sans dégoût. J'en arrivai à une sorte d'état mystique, condamnant — au nom de la mort — l'amour physique en général, sans oser m'avouer nettement que c'était d'un amour particulier que je me lassais. De cette époque datent mes premières aspirations à la poésie, qui m'apparaissait à proprement parler comme un refuge, un moyen d'atteindre à l'éternel en échappant à la vieillesse en même temps que de retrouver un domaine clos et bien à moi dans lequel ma partenaire n'aurait pas à s'immiscer.

Si profond était mon désir de fuir hors du réel — me forgeant un asile inviolable où ni mort ni amante ne pourraient venir me chercher — que je le faisais intervenir même dans certains projets touchant à la vie quotidienne. Je disais à Kay, par exemple, que j'aimerais vivre avec elle dans une maison dont beaucoup d'éléments n'existeraient qu'en trompe-l'œil : dans une cheminée en trompe-l'œil brûleraient des bûches en trompe-l'œil ; des sièges et des divans seraient figurés sur les murs, on s'assiérait et on coucherait par terre, et il y aurait de faux laquais. La seule chose qui restait informulée (et que je ne devais souhaiter, d'ailleurs, que très obscurément) c'est que la femme qui vivrait avec moi dans cette maison ne serait, elle aussi, qu'un trompe-l'œil.

Kay, agacée par mes propos, dont elle devait sentir la véritable cause : mon détachement vis-à-vis d'elle, jalouse de quelques amitiés nouvelles que mes velléités littéraires m'avaient conduit à nouer, me reprochait d'être trop intellectuel. Et plus je me détachai, naturellement, plus je me liai, mimant l'amour avec une application d'autant plus soutenue et scrupuleuse qu'il s'agissait de me cacher qu'en vérité je n'aimais plus.

Dès l'aube de mon aventure avec elle — avant même que cette idée eût trouvé pour s'incarner l'image de ce que serait Kay d'ici seulement une dizaine d'années — j'avais éprouvé, quoique sur un mode plus doux, la hantise de la mort. « J'aimerais qu'on nous enterre ensemble », avais-je dit à Kay un des premiers matins que je passai dans son lit. Et cette phrase doit être une des plus réellement tendres que j'aie jamais dites à quiconque.

A cette austérité d'ordre quasi religieux (dernière trace, peut-être, de la piété de mon enfance quand, par exemple, il m'arrivait de fixer pendant de longues minutes une image divine décorant le mur de l'église, avec le vain espoir qu'elle s'animerait, battant des paupières ou me donnant quelque autre signe qui constituerait par lui-même un miracle) se joignent deux autres éléments — la *peur* et la *timidité* — qui contribuèrent à notre désunion en me faisant découvrir peu à peu ce que mon amour avait d'artificiel et de surfait.

Vers le début de notre liaison, un soir que, selon notre habitude, j'étais allé attendre Kay qui venait de dîner chez ses parents, nous fûmes suivis par un ouvrier ivre qui prononça à propos de nous des paroles que je jugeai insultantes pour Kay, et pour moi-même en tant qu'amant de Kay. Je me retournai et l'interpellai, avec une attitude probablement comique de jeune bourgeois qui se juge offensé par la grossièreté d'un travailleur manuel. Furieux, l'homme marcha vers moi, balançant ses gros poings, et instinctivement je reculai. Pensant qu'il allait me faire un mauvais parti, Kay s'interposa, menaçant l'homme de son parapluie. Les choses en restèrent là, mais je fus atrocement humilié.

Une autre fois, quittant Kay et revenant chez moi à pied, vers deux heures du matin, je fus attaqué. Marchant sur le trottoir de gauche, je n'avais pas fait attention à deux individus qui m'avaient croisé, marchant sur le trottoir de droite ; soudain, deux autres personnages, venus à ma rencontre sur le trottoir de gauche, se trouvèrent devant moi. Cependant que les deux premiers, ayant traversé la chaussée, me coupaient la retraite et saisissaient chacun un de mes bras, l'un des deux nouveaux venus m'appuyait un revolver sur la poitrine tandis que l'autre me fouillait. « Pas un mot ! Si tu restes tranquille on ne te fera pas de mal. » J'obtempérai. C'était l'été et je n'avais pas de gilet ; je percevais distinctement le froid du canon contre ma peau. Très corrects, les quatre types me délestèrent de ma monnaie, d'une bourse en argent que j'avais, mais me laissèrent mes papiers. « Maintenant, fous le camp ! » En réalité, ce furent eux qui s'enfuirent à toutes jambes. La chose s'était déroulée avec une telle rapidité que je n'eus peur qu'après. Je poursuivis mon chemin et, à peu de distance de chez moi, rencontrai quelques jeunes gens de ma connaissance à qui je racontai l'histoire, n'ayant alors nulle intention de lui donner une suite. Ils me démontrèrent qu'il était nécessaire qu'une plainte fût portée à la police. Le lendemain, je me rendis donc au commissariat du quartier ; un policier à face rasée et grosse chaîne de montre déclara qu'il se chargeait de l'affaire, tout en se moquant beaucoup de moi : « Des petits voyous... Vous avez eu peur de leur revolver ? Il n'était même pas chargé, leur revolver ! » Encore une fois, je me sentis humilié.

Passant toutes mes soirées chez Kay et rentrant tard dans la nuit, je n'avais jamais envisagé jusqu'alors la possibilité d'une attaque nocturne ; par ailleurs, j'avais toujours été plutôt un noctambule. Or, à partir de ce moment-là, l'appréhension du retour gâta en partie le plaisir que je prenais auprès de Kay. Cela ne changea rien à nos rapports, mais je pris l'habitude de rentrer en taxi bien que chaque fois je m'en voulusse de ne pas revenir à pied, de ne pas être affranchi de toute crainte (en l'occurrence, assez chimérique) par mon amour pour Kay. Un soir qu'elle était venue chez moi, en l'absence de mon père et de ma mère, j'allai jusqu'à souhaiter son prompt départ, sachant que je devrais l'accompagner et, faute d'argent, rentrer à pied. C'est cette nuit-là qu'au retour, enfermé dans la salle de bains, j'ai pris des ciseaux et me suis griffé pour me punir.

D'autre part, je souffrais beaucoup de ma timidité. Plusieurs personnes de ma famille (ou amies de ma famille), m'ayant vu avec Kay, avaient jasé. Cela m'ennuyait d'aller avec elle dans certains endroits où je savais qu'on nous rencontrerait. De plus, son divorce ayant été prononcé à ses torts (vu qu'elle s'était compromise notoirement avec moi), ses moyens se trouvèrent réduits ; elle dut quitter son appartement et nous ne pûmes nous voir qu'à l'hôtel. Le simple fait d'avoir à demander une chambre pour la journée me devint une phobie ; nos rendez-vous en furent empoisonnés. Et, de plus en plus, prenait corps en moi cette idée que, puisque mon amour ne faisait pas bon marché de telles vétilles, c'est que j'étais incapable d'aimer et, trop lâche, indigne même d'être aimé.

Alors que je faisais mon service militaire — avec une parfaite soumission, cherchant seulement le maximum de liberté possible et passant bien plus pour un idiot que pour une forte tête — je convins avec Kay de l'épouser. Personne de ma famille ne s'y serait opposé. Mais quand j'eus pris cette décision je me sentis dans un abîme : il me faudrait choisir un métier, travailler pour cette femme plus âgée que moi qui me serait à jamais liée. N'étant plus libre sentimentalement et me trouvant obligé de mener une existence difficile et médiocre, je devrais renoncer également à cette activité poétique à laquelle — justement parce qu'elle constituait une sphère où je pouvais échapper à l'emprise de Kay — j'avais une si furieuse envie de me livrer. En somme, je ne serais affranchi du service militaire que pour me charger aussitôt de chaînes encore plus lourdes.

Ma curiosité toute nouvelle pour l'art, dans ce qui me semblait son expression la plus « moderne », m'ayant conduit aux Ballets Russes, j'avais vu représenter *Pétrouchka* et je me comparais au mannequin emprisonné dans sa cellule peinte d'étoiles qu'il frappe des deux poings, avant de s'abattre, vaincu par cette muraille métaphysique.

J'étouffais bassement mes scrupules, quant au rôle nuisible que j'avais joué dans le divorce de Kay, en me disant que je n'y étais pour rien, que c'était elle qui — en somme — m'avait « séduit ». Mais j'avais honte de ces pensées, me cramponnant à cet amour et estimant que si j'aimais vraiment, aucune considération d'un pareil ordre ne devrait me faire reculer.

Mon père était mort il y avait plus d'un an, un jour de neige, des suites d'une opération chirurgicale. Toujours féru de musique, il avait tenu, se sachant à l'agonie, à ce que mon frère lui jouât au violon un air qu'il aimait. Puis, un ou deux jours après, disant qu'il voyait beaucoup de neige et qu'il « en voudrait des monceaux », il était mort, yeux dans les yeux avec ma mère. Cet amour profond et insensible au temps, qui s'était manifesté jusqu'au bout entre mon père et ma mère, me rendait encore plus conscient de mon infamie. C'est à la suite de cela qu'à l'encontre de mes désirs réels j'avais résolu de me marier.

La rupture se fit à propos de vacances que je voulais passer avec quelques-uns de ces nouveaux amis dont Kay, à juste titre, était jalouse. C'est moi qui, au cours d'une promenade au Bois, en pris l'initiative, déclarant, totalement bouleversé, à Kay, que je ne l'aimais plus.

LE FESTIN D'HOLOPHERNE

Quelques mois après, j'étais libéré du service militaire, avec presque autant de tristesse que de joie, car je sentais que, maintenant, j'avais atteint l'âge d'homme et que passé était le temps où je pouvais impunément ne rien faire. J'obéis à ma vocation et — renonçant aux vagues études scientifiques que j'avais poursuivies jusqu'alors — je quittai le laboratoire de chimie où j'avais fini mon service sans même dire adieu au professeur qui m'y avait accueilli, décidé à consacrer toute mon activité à la littérature.

La poésie avait remplacé pour moi le mysticisme proprement dit, dans lequel j'avais été près de sombrer après ma rupture avec Kay. Je ne croyais à rien — en tout cas pas en Dieu, ni en une autre vie — mais je parlais volontiers d'Absolu, d'Éternel, et je pensais que par l'usage lyrique des mots l'homme a le pouvoir de tout transmuer. J'accordais une importance prépondérante à l'*imaginaire*, substitut du réel et monde qu'il nous est loisible de créer. Le poète m'apparaissait comme un prédestiné, une manière de démiurge à qui il incombait d'effectuer cette vaste opération de transformation mentale d'un univers, vrai dans la seule mesure où l'on veut bien lui attribuer cette vérité. Je croyais qu'au moyen des mots il est possible de détecter les idées et que l'on peut ainsi, de choc verbal inattendu en choc verbal inattendu, cerner l'absolu de proche en proche et finalement, à force de déclencher dans tous les sens des idées neuves, le posséder. Le poète m'apparaissait aussi — nécessairement — comme un maudit, voué de toute éternité à une solitude malheureuse et ayant pour unique ressort spirituel sa faim constante née d'une complète et irrémédiable insatisfaction.

J'étais chaste, considérant qu'il n'était pas même question qu'un authentique amour pût se réaliser. Peut-être, avant toute autre chose, trouvais-je dans une telle attitude un moyen très commode de supprimer mes obsessions ? C'est ce que je pense maintenant que j'ai fait un peu mieux le tour de moi-même, me suis appliqué à rejeter mes faux-semblants et ai tâché de tout réduire à ses plus justes proportions.

Je tendais à une sorte d'ascétisme, plaçant au-dessus de tout la ferveur poétique et n'ayant quelque indulgence que pour l'alcool, qu'il m'arrivait d'interroger comme un oracle et que je prisais en tant qu'instrument de délire et poison mâle qui nous détache du réel, nous douant illusoirement d'une sorte de force héroïque et d'intangibilité de demi-dieu.

Je me croyais désespéré. J'étais furieux que l'on m'eût mis au monde, m'insurgeais contre les lois de l'univers matériel, pestais contre la pesanteur, la résistance de la matière, le mouvement des saisons. Ce n'est qu'assez longtemps après que, très intellectuellement et par un certain nombre de détours, je suis passé de cette révolte — ou plutôt de ce refus — essentielle, à l'idée de révolution politique. Je ne m'avouais pas alors tout à fait que ce qui déchaînait ma rage contre la vie ce n'était pas la condition que les lois naturelles et sociales nous ont faite, mais simplement la mort ; j'espérais vaguement que le miracle poétique interviendrait pour tout changer et que j'entrerais vivant dans l'Éternel, ayant vaincu mon destin d'homme à l'aide des mots. Il y avait aussi en moi — et contradictoirement — une sourde image de bonheur, de paradis purement humain tel que m'apparaissait dans ma première enfance celui dont doit nous donner la clef un amour réciproque fait pour durer toujours. J'entretenais au plus profond de moi cette utopie tranquille et douce comme une image d'Épinal, et si je me tenais pour un maudit c'était bien plus, en vérité, parce que j'étais sûr que cet éden me serait impitoyablement refusé qu'à cause d'un mépris foncier d'un tel bonheur.

Depuis longtemps déjà j'étais soucieux de ma mise, attachant une importance presque maniaque à l'ordonnance de mon vêtement. Autant que je le pouvais, j'affectais le genre anglais, aimant ce style sobre et correct — voire un peu guindé et même funèbre — qui convient assez bien, je crois, à mon tempérament.

Ayant la peau fréquemment irritée par le feu du rasoir, j'avais pris l'habitude de poudrer mon visage (et cela dès ma quinzième année) comme s'il s'était agi de le dissimuler sous une espèce de masque et d'achever d'empreindre ma personne d'une impassibilité égale à celle des plâtres. Cela correspondait à une tentative symbolique de *minéralisation,* réaction de défense contre ma faiblesse interne et l'effritement dont je me sentais menacé ; j'aurais voulu me

faire une sorte de cuirasse, réalisant dans mon extérieur le même idéal de *roideur* que je poursuivais poé-
tiquement.

D'autres détails de parure me permirent de satisfaire ce goût de l'« excentricité » qui ne m'avait pas
quitté, en même temps que d'exprimer cette tendance au froid glacial, à la dureté par laquelle mes
essais littéraires étaient toujours marqués, au moins
par quelque côté. Ainsi, durant un temps, je portai
au poignet une ficelle étroitement serrée en guise de
bracelet ; mon revers de veston était orné d'un bout
de fil de fer, mis comme le ruban d'une décoration ;
en même temps — passionnément désireux de me
confondre avec le monde en rompant mes limites ou
en l'incorporant — je rêvais de couvrir tout mon
corps de tatouages astraux qui auraient illustré — de
par leur présence même sur ma peau — cet essai de
fusion du microcosme avec le macrocosme. Plus
tard, je me fis tondre le crâne et demandai à un
peintre de mes amis de me tracer au rasoir une raie
qui partait de la nuque pour aller jusqu'au milieu du
front — image de la figure géométrique que j'aurais
voulu être, sorte d'Adam divin ou de constellation.

Quel que fût le rôle nettement spéculatif que
j'assignais alors à la poésie, je trouvais dans le manie-
ment du langage un certain plaisir sensuel — goûtant le poids et la saveur des mots, les faisant fondre
dans ma bouche comme des fruits — et ce plaisir
prenait le pas, dans l'ordre de mes préoccupations,
sur les jouissances proprement érotiques. Au point
de vue sentimental, l'amitié me suffisait — idéale
société secrète, alliance intime à quelques-uns, en
parfaite communion de vues, de vie et de travail,
dans l'atelier sordide où nous nous réunissions, aux
murs moisis et chargés de punaises qui avaient du
moins l'utilité, en nous empêchant de dormir,

d'éterniser nos conversations. Auprès de ces amis dont l'un fut un peu mon mentor et eut une influence décisive sur ma formation spirituelle, j'avais retrouvé — en plus valablement fondé et plus intense — l'extraordinaire climat de communauté morale que j'avais déjà connu avec mes compagnons l'Homme-à-la-tête-d'épingle et l'étudiante. C'était aussi mon premier contact précis avec une chose toute neuve pour moi : la pauvreté.

De même que ma liaison avec Kay avait marqué la fin d'une première association amicale, mon mariage — sans m'arracher à mon nouveau milieu — a constitué cependant en lui-même une modification assez profonde de ce climat pour qu'aujourd'hui il m'arrive encore d'en souffrir et que, dans mes heures de cafard, j'y songe comme à un paradis perdu.

De cette période qui s'ouvrit avec mes débuts dans la vie littéraire je ne donnerai qu'un aperçu succinct, car j'y suis encore trop engagé pour pouvoir la traiter avec discernement et sang-froid.

Je n'ai jamais eu de facilité pour écrire ; à tel point que, pendant longtemps, l'idée ne me serait pas même venue que je puisse être un jour ce qu'on appelle un écrivain. Le premier poète moderne dont j'avais fait la connaissance (homme que j'admirais au moins autant qu'Apollinaire) m'avait maintes fois découragé, m'engageant à continuer bourgeoisement mes études sans prétendre à autre chose qu'être un « honnête homme » ou, tout au plus, un « amateur distingué ». Je me morfondais sous ce jugement qui me semblait sans appel ; j'attendais de cet homme, non des conseils moraux, mais qu'il me livrât la recette et la clef et, pour un peu, je serais allé jusqu'à partager ses vices, si cela avait été un moyen d'acquérir son génie. Convaincu par ailleurs qu'un grand artiste est voué nécessairement à la misère, je rougissais de mon confort, le rendant responsable de tout et me reprochant de ne pas avoir l'énergie d'envoyer tout promener.

Pour que je parvienne à produire quelque chose de lisible, il a fallu que je rencontre le peintre A.M. et qu'il me fasse confiance, ainsi que le petit nombre d'intimes qui se réunissaient dans son atelier. Encore n'ai-je jamais pu travailler que d'une façon discontinue, à éclipses, et en luttant pied à pied avec les pires difficultés.

L'inspiration poétique me semblait une chance tout à fait rare, un don momentané du ciel qu'il s'agissait pour le poète d'être en état de recevoir, au prix d'une absolue pureté, et en payant de son malheur le bénéfice fortuit de cette manne. Je regardais l'état lyrique comme une espèce de transe ; il m'arrivait de rester accablé, muet, répondant à peine aux questions, comme si j'étais uniquement attentif à ce qui se déroulait en moi d'anguleux, de grinçant, de rouillé, poésie torturant mes entrailles ainsi qu'un corps étranger, ou tapie dans un coin perdu de ma tête telle cette âme solide à l'existence de laquelle j'avais cru étant enfant. La réceptivité nécessitait toutes sortes de précautions pour être sauvegardée, la moindre chose pouvant à jamais la tuer ; il suffisait d'une compromission quelconque, d'un manque de détachement, d'une faiblesse quelle qu'elle fût à l'égard du bonheur, auquel on eût cédé ainsi qu'à un péché. Persuadé que l'exercice de la poésie demandait une énorme dose de liberté et de courage, impliquant en premier lieu un parfait désintéressement quant aux liens temporels, je méditais sur l'apologue de Gobineau (l'une des *Nouvelles asia-*

tiques) dans lequel il est question d'un initié auquel un illustre thaumaturge va révéler l'ultime secret magique, mais qui perd tout au seuil de la trouvaille parce qu'il s'est retourné, sa femme (qui se voyait abandonnée) l'ayant suivi et appelé.

Ainsi, lorsque l'amour s'introduisait dans mes pensées, c'était sous forme de tentation et je ne pouvais l'envisager autrement que comme une sorte de déchéance. C'est pourtant dans ces conditions — et comme s'il s'était agi d'une demi-trahison ou d'un début de renoncement — que je me suis marié.

Une jeune fille appartenant à ce milieu auquel, grâce à l'orientation nouvelle que j'avais donnée à ma vie, je me trouvais maintenant intégré — fille élevée très strictement — m'apparut tout à coup comme l'incarnation ou le reflet de cette figure d'Épinal que je nourrissais en moi secrètement, image reculée dans un fond d'enfance et de chanson populaire qui la douait d'un bouleversant prestige en raison de ce que cela lui conférait de lointain et de légendaire.

Gêné par ce qu'on sentait en elle d'éducation bourgeoise, paralysé par un retour soudain de toutes mes phobies et convaincu, du reste, que si je me mariais c'en serait fait de l'Amitié, je me conduisis à son égard de la façon la plus invraisemblablement conventionnelle, commençant par demander officiellement sa main, puis n'osant la courtiser autrement qu'en lui adressant des bouquets et des poèmes et restant froid et silencieux sitôt que j'étais devant elle. Si bien qu'elle me refusa.

Je rejetai cette aventure malencontreuse hors du cercle de mes préoccupations. Je me félicitai et me glorifiai presque de mon échec, estimant qu'être marié n'eût pas été conforme à mon état de poète. Je ne me souciai plus que d'écrire et participai bientôt tout à fait au mouvement littéraire moderne.

Ce fut alors la période où je passai la plupart de mes nuits à Montmartre, traînant les boîtes telles que le Zelli's et affectionnant par-dessus tout les endroits nègres. J'avais de nouveaux compagnons, avec qui je buvais et philosophais, breuvages, fumée, musique et foule constituant l'excitant mental que nous jugions le plus apte à favoriser l'inspiration. Assez souvent je m'enivrais, plus certain que jamais de la valeur magique de l'alcool et ayant toujours apprécié, d'ailleurs, l'amertume douce des cocktails, le goût de neige du champagne et la saveur tranchante du whisky. Au point de vue femmes, je restais chaste, ou à peu près. Comme au temps où j'allais de partie en partie avec l'Homme-à-la-tête-d'épingle et l'étudiante, je souffrais bien d'un certain vide, mais cet ennui avait tôt fait de devenir la source d'émotions indicibles dès que j'entendais un air de jazz convenablement mélancolique ou le chant d'une femme de couleur qui semblait avoir reçu des coups de bec d'oiseau dans la gorge.

Nombre de nos après-midi s'écoulaient dans les cinémas. Nous goûtions particulièrement les comédies américaines à sentimentalité facile, ou bien ces films violents où l'on voit tantôt des gens très bien qui se perdent, tantôt des gens perdus qui se réhabilitent et tombent dans les bras d'une femme idéale après avoir traîné la plus misérable des vies, héros hasardeux pour qui perdition et rachat c'est tout un, puisqu'il s'agit, dans l'un comme dans l'autre cas, du même bond élémentaire qui pousse à sortir *hors de soi.*

Sachant que ma chasteté était bien plus l'effet d'une incurable déficience que de ma volonté, et peut-être la conséquence logique de ma simple incapacité d'aimer, j'étais écrasé de honte, tantôt à l'idée des aventures manquées à cause de ma timidité, tantôt à l'idée que j'avais pu songer à me marier bourgeoisement avec une fille de la bourgeoisie, à qui j'aurais fait une cour bourgeoise. Je ne retrouvais quelque orgueil que dans la conviction qu'en dépit de toutes mes faiblesses je vivais comme un poète, noctambulant, rêvant et souvent divaguant, voué à l'échec dans la mesure où il ne saurait y avoir de commun dénominateur entre le monde et lui.

Une autre cause plus matérielle était à la base de ce sentiment d'impuissance et me rendait à peu près impossible toute relation sexuelle avec des femmes, c'était une infirmité bénigne — qu'aucun soin jusqu'à présent n'est parvenu à tout à fait réduire — un peu de gêne à l'un des testicules. Cela m'était venu à la suite d'une grande fatigue, après plusieurs nuits presque blanches passées à vaticiner sur un plan indécis — entre la passion, le mysticisme et le lyrisme — avec l'ami homosexuel dont j'ai parlé à propos des diverses incarnations de Judith.

Certes, je surestimerais l'impression que me firent, dans ma prime jeunesse, certains thèmes de la mythologie classique, si je disais qu'ils furent pour mon imagination — dès que j'en eus connaissance — un aliment comparable à celui que je tirai plus tard des opéras ou à celui que les films me fournissent aujourd'hui. Toutefois, il en est deux qui me frappèrent et que j'ai repris ultérieurement : la chute d'Icare, et Phaéton que foudroie Jupiter parce que, conduisant le char du soleil, il s'est trop approché de la terre, au mépris des instructions qu'il a reçues de son père. Sur le livre d'images où pour la première fois je lus l'histoire de Phaéton, Phœbus était représenté en costume Louis XIV et appelé, je crois, le « Roi Soleil » ; il est possible que ce détail accessoire — me rappelant le Palais de Versailles et situant dans le cadre de l'histoire de France, Phaéton et son père

— ait contribué à empreindre ma mémoire d'un récit auquel j'avais déjà des raisons très profondes d'adhérer. Le fait est que je fus maintes fois préoccupé par ce mythe et qu'il a servi souvent de matière à mes rêveries.

A l'époque où je fis la connaissance de cet ami qui fut un compagnon certainement plus digne que moi de faire subir à l'existence une sorte de transfiguration luciférienne, je m'imaginais que j'avais, plus encore qu'une vocation, une *destinée*, l'état d'exaltation dans lequel je me trouvais m'apparaissant comme la preuve irréfutable que ma vie comportait quelque chose de mythique. Si conscient que je fusse de la médiocrité de mes moyens littéraires, je me considérais comme une manière de prophète et tirais une grande fierté d'un messianisme qui me semblait inhérent au sort de tout poète. C'était un peu les ailes d'Icare ou les chevaux de Phaéton.

Parlant parfois dans la complète obscurité afin de mieux nous croire hors de l'espace, délivrés de tous liens matériels (comme si nous nous tenions dans l'absolu, nous mirant l'un dans l'autre et échangeant seul à seul des sentences cruciales), mon ami et moi nous étions allés très loin dans nos conversations, les haussant jusqu'en un point tel que cela pouvait passer pour un viol de tabou ou pour un sacrilège. Aussi me semblait-il normal que j'encourusse un châtiment. « Je suis puni jusque dans ma chair », lui écrivis-je, sitôt que se fut manifestée la douleur physique en question.

En raison de sa valeur mythique et parce qu'il me semblait impossible qu'un poète fût autre chose qu'un *damné* (Icare, Prométhée ou Phaéton), la croyance d'être un voleur au foie rongé me permettait certes de vivre, jointe à la passion du voyage — car j'étais convaincu qu'un jour je « partirais ». J'étais humilié cependant par cette tare génitale, comme au temps où, blessé à la tête et me croyant défiguré, je me disais : « Comment pourrai-je aimer ? » Il en résultait un malaise constant qui m'enfonçait encore plus dans mon sentiment de faiblesse et de lâcheté.

Un jour — vers le début de juillet 1925 — il m'arriva d'accomplir ce que mon entourage considéra généralement comme un acte de bravoure : à l'issue d'un banquet littéraire qui se termina par une bagarre, je fus malmené par les agents et faillis même être lynché, ayant poussé des cris séditieux et défié la police et la foule. A vrai dire, je m'étais dopé préalablement, à l'aide de deux ou trois apéritifs, tant je craignais de ne pas me montrer courageux. Pendant une semaine à peu près, je dus garder la chambre, car je me ressentais fortement des coups qui m'avaient été infligés ; durant un certain temps je fis dans mon milieu figure de petit héros, de sorte que cela satisfit et mon désir d'expiation et mon besoin d'être rassuré sur moi-même en me sentant admiré.

Cela n'empêche que mon marasme s'était accentué. Décomposant les mots du vocabulaire et les reconstituant en des calembours poétiques qui me semblaient expliciter leur signification la plus profonde, rêvant toutes les nuits, notant mes rêves, tenant certains d'entre eux pour des révélations dont il me fallait découvrir la portée métaphysique, les mettant bout à bout afin de mieux en déchiffrer le sens et en tirant ainsi des sortes de petits romans, je m'éveillais presque chaque nuit en hurlant. Tantôt je rêvais que, parole et souffle étant inséparablement liés, mes recherches sur le langage m'avaient fait perdre la parole et que pour m'empêcher d'étouffer — c'est-à-dire me *guérir* — on venait de me faire boire un poison violent qui allait me faire *mourir* dans d'horribles souffrances. Tantôt j'imaginais la terre isolée dans l'espace, non sous l'aspect mort d'un globe, mais d'une façon vivante, percevant son écorce, dans sa rugosité. Tantôt il s'agissait d'un profil romain casqué, en linéaments de médaille (vraie tête d'Holopherne, à la barbe près), qui m'apparaissait comme l'image même de mon sommeil en même temps que comme le symbole de la mort par décapitation.

La fréquentation d'un bizarre personnage nouvellement survenu dans notre groupe — séminariste défroqué qui était un mythomane doublé d'un aventurier — acheva de me faire perdre pied. Ayant longtemps souhaité de me dissoudre au sein d'une espèce de folie volontaire (telle que me semblait avoir été celle de Gérard de Nerval), je fus pris soudain d'une crainte aiguë de devenir effectivement fou. Châtiment pour ces vœux inhumains de déraison et pour avoir tenté — levant le voile d'Isis — de pénétrer par force les mystères.

Un jour que je m'étais promené avec l'ancien séminariste et que, sur les boulevards, il m'avait montré quelqu'un qui marchait derrière nous, m'affirmant que ce passant avait pointé son doigt vers lui en le traitant de « sorcier », je fus saisi la nuit d'une angoisse panique ; à tel point que je dus demander à ma mère la permission de me coucher à côté d'elle, tant je me sentais égaré.

Le lendemain même, je devais partir pour le Midi en compagnie de la jeune fille que j'avais si sottement courtisée un an et demi auparavant ; étant resté avec les siens en termes excellents, j'étais invité à partager pour le parcours la voiture de famille. Ce voyage en auto fut une diversion délicieuse : je me détendis, elle et moi nous causâmes beaucoup et, à peine arrivés sur la Côte, nous nous fiançâmes.

La chose se passa si simplement qu'une fois encore je n'eus pas l'impression d'avoir *conquis*, mais plutôt celle d'avoir été le jouet des événements. Autour des yeux, je conservais les traces des coups reçus : signe de rachat du lâche, qui lui donnait le droit d'être aimé, mais dernier vestige aussi de ce « mauvais garçon » qui — si prosaïquement — était en voie de se ranger. Ce qui porta à son comble ce sentiment d'abêtissement, c'est le fait que, ma fiancée et moi, nous ne fîmes pas l'amour avant notre mariage légal, quelle que fût la liberté de notre vie de plage et celle du voyage de retour, dont j'eus la niaiserie de ne pas même tenter d'user.

Sachant quelle part ma terreur brusque de la solitude avait eue dans tout cela, je me reprochai secrètement, avec une sourde véhémence, d'avoir abandonné mon piédestal de Prométhée et de rentrer dans la norme, par un mariage des plus bourgeois. J'appréhendais aussi, à cause de cette gêne physique dont j'ai parlé, de ne plus disposer que d'une médiocre virilité, et il me semblait que, à peine âgé de vingt-quatre ans, j'étais déjà touché par ce signe avant-coureur de la vieillesse : ne plus pouvoir faire l'amour sans être obsédé par l'idée que, peut-être, on ne pourra le faire assez. Il m'apparaissait, en conséquence, que toute ma conduite n'était qu'une ignoble escroquerie à l'égard de celle qui allait partager mes jours et cela ne faisait qu'augmenter mon remords, si prêt à se changer, ainsi qu'il est de règle, en pure et simple hostilité.

Le 2 février 1926, nous nous mariâmes civilement, sans inviter personne, et cela acheva de rompre les ponts entre certains membres de ma famille et moi, ce dont je ne fus pas autrement affecté. Mais cette idée de déchéance inhérente selon moi au mariage devait constamment me hanter et, maintenant encore, il m'advient de me demander si la femme avec qui l'on vit, portrait de ce qu'on a désiré, n'est pas — quelque digne d'amour qu'elle puisse être — le reproche quotidien de ne pas avoir visé *trop* haut et d'avoir pu se contenter.

Aussi, depuis cet événement, n'ai-je pas cessé de me sentir Hercule auprès du rouet d'Omphale, Samson tondu par Dalila, c'est-à-dire encore moins que la tête d'Holopherne, quand elle baigne ignominieusement dans le sang et le vin suri, près de la robe éclaboussée d'une Judith romantique.

VIII

LE RADEAU DE LA MÉDUSE

Méduse (Le Radeau de la), chef-d'œuvre de Géricault (Salon de 1819), au musée du Louvre. — L'artiste a choisi le moment qui précède la délivrance. Au pied du mât de fortune du radeau mal joint que battent les vagues, les derniers survivants se sont tassés ; Corréard, qui publia la relation du naufrage, le bras étendu, indique au chirurgien Savigny debout, adossé au mât, et aux matelots un brick qui paraît à l'horizon ; un nègre, hissé sur la carcasse d'un tonneau, agite un lambeau d'étoffe. Un vieillard tient sur ses genoux le cadavre de son fils.

Cette œuvre, remarquable par une composition savante, par le réalisme des expressions, la largeur du dessin, enfin par l'éclat du coloris, ne fut pas comprise à son apparition. Le peintre ne put vendre sa toile, qu'il prit le parti d'emporter en Angleterre.

Ce désastre inspira à Ch. Desnoyers et à Dennery un drame en cinq actes et six tableaux (Ambigu-Comique, 1839), auquel les décorations de Philastre et Cambon et une riche mise en scène assurèrent un grand succès.

(*Nouveau Larousse Illustré.*)

En novembre 1929, après divers déboires remontant à avant l'été (tentatives amoureuses régulièrement avortées ; ivresses scandaleuses ; morsures presque sanglantes que je m'étais fait infliger aux mains par une femme dont j'avais été amoureux autrefois ; beuverie nocturne à la suite de laquelle, faute d'avoir pu parvenir à mes fins avec une petite danseuse nègre américaine, je débarquai chez un ami vers 5 heures du matin et lui demandai son rasoir dans l'intention, d'ailleurs plus ou moins feinte, de me châtrer — demande que l'ami éluda en me répondant simplement qu'il ne disposait que d'un rasoir automatique), je me rendis compte que dans tout cela il entrait une part de maladie et je me décidai à suivre un traitement psychanalytique.

Je ne me considérais pas comme sexuellement perverti ; mais j'en étais arrivé à ne plus pouvoir rien faire, entre autres choses passant par mille angoisses pour livrer en temps voulu mes articles au périodique auquel je collaborais, m'apercevant, dans un domaine plus grave, que je tournais plus au pitre qu'à l'acteur tragique. Je voulais me délivrer avant tout de cet atroce sentiment d'impuissance — tant génitale qu'intellectuelle — dont je souffre encore aujourd'hui.

Les histoires de débauche même les moins reluisantes dont est émaillée une partie de ce récit ne représentent jamais pour moi quelque chose de *vil* à proprement parler ; simplement, elles correspondent à des ratages, c'est-à-dire à des tentatives d'affranchissement tout compte fait piètres et maladroites, desquelles je ne tirai aucune joie — ou qu'une joie limitée — au lieu du plaisir extrême que j'attendais, pur et droit comme le jet qui se fait jour à travers le cerveau du poète ou le coup d'épée foudroyant par lequel le *matador* fait s'écrouler son adversaire.

D'une manière générale, sadisme, masochisme, etc., ne constituent pas pour moi des « vices » mais seulement des moyens d'atteindre une plus intense réalité. En amour, tout me paraît toujours trop gratuit, trop anodin, trop dépourvu de gravité ; il faudrait que la sanction de la déconsidération sociale, du sang ou de la mort intervienne, pour que le jeu en vaille réellement la chandelle. Ainsi les pratiques où se trouve mise en œuvre la souffrance physique, quoique donnant dans une certaine mesure à l'amour cette gravité, ne peuvent que me dégoûter, du moment que je sais qu'elles resteront quelque chose de factice et que je n'oserai les pousser, telle Lucrèce, jusqu'au suicide ou, telle Judith, jusqu'à l'égorgement.

Par la psychanalyse, j'entendais me libérer de cette crainte chimérique d'un châtiment, chimère renforcée par l'emprise imbécile de la morale chrétienne — dont on ne peut jamais se flatter d'être entièrement débarrassé — et la contrainte de conventions illogiques et inhumaines propres à une civilisation qui tue les criminels qu'elle produit et résout par la destruction ou la guerre pure et simple des problèmes tels que ceux de la surproduction et du chômage.

J'ai subi cette cure d'abord pendant un an, avec des fortunes diverses. Ce fut, au moins durant les premiers temps, le couteau dans la plaie. Un soir d'ivrognerie, je couchai avec une Anglo-Saxonne alcoolique, demi-folle et d'un âge avancé ; tout en la besognant, j'eus une furieuse envie de dérober ou rompre son collier de perles, rien que pour jouer au marlou brutal ; entre deux étreintes, nous bûmes chacun une grande rasade de whisky dans son verre à dents. Je ne l'aimais certainement pas mais j'étais, longtemps après, encore hypnotisé par elle. Une autre fois, dans un bordel, pensant que la seule réaction authentique que je pusse attendre d'une prostituée était l'expression de la haine qu'elle ne pouvait manquer d'avoir pour moi, je me fis pocher les yeux à grandes gifles par une fille et sa maquerelle ; se prenant au jeu, les deux femelles, quand elles me voyaient ricaner, tapaient de plus belle en me disant : « T'en veux encore, vieux con ? »

Rencontrant un beau jour chez un couple que j'admirais (elle, à cause de son extraordinaire douceur, lui, parce qu'il me semblait le type achevé du voyageur) une petite provinciale blonde, en deuil d'un enfant qu'elle venait de perdre, je décidai séance tenante de l'enlever. Je n'en avais au fond aucune envie, mais elle me fascinait, simplement parce qu'elle était en deuil, qu'elle m'avait parlé de l'ennui provincial, de ces folles qu'en Bretagne on nomme des « aboyeuses » parce qu'elles hurlent comme des chiens, de l'adultère auquel il est mauvais de se livrer parce qu'il trouble l' « ordre général », de sa peur des araignées refoulant l'attrait qu'avaient pour elle les pays tropicaux, du port de mer qu'elle habitait où les armateurs sont si durs pour les « pauvres marins ». Je ne passai que quelques heures avec elle, l'embrassai sur la bouche dans un taxi et la quittai affolée devant un magasin de tissus où elle devait aller. Je ne la revis jamais. Elle ne répondit pas à la lettre par laquelle je lui proposai de l'enlever et, plusieurs jours après, ivre, je parcourus les rues, entrant dans diverses maisons, montant jusqu'à des cinquièmes étages et interrogeant des tenancières de maisons publiques pour leur demander si ce n'était pas là que se trouvait celle dont aujourd'hui je ne me rappelle même plus le nom.

Au sortir de ces limbes, conseillé par mon médecin et pensant moi-même qu'il me manquait d'avoir un peu vécu à la dure, je saisis l'occasion de faire un long voyage et partis pour près de deux ans en

Afrique, comme membre d'une mission ethnographique. Après des mois de chasteté et de sevrage sentimental, séjournant à Gondar, je fus amoureux d'une Ethiopienne qui correspondait physiquement et moralement à mon double idéal de Lucrèce et de Judith. Très belle de visage mais la poitrine ravagée, elle était engoncée dans une toge d'un blanc généralement plus que douteux, sentait le lait suri et possédait une jeune négresse esclave ; on aurait dit une statue de cire et les tatouages bleuâtres qui cernaient son cou haussaient sa tête ainsi qu'eût fait un transparent faux col ou le carcan d'un très ancien supplice laissant aux peaux ses traces en broderie. Peut-être n'était-elle qu'une nouvelle image — en chair et en os, celle-là — de cette Marguerite au cou coupé dont je n'avais jamais pu apercevoir, enfant, le spectre à l'Opéra ? Syphilitique, elle avait plusieurs fois avorté. Son premier mari était devenu fou ; le plus récent, à deux reprises, avait voulu la tuer. Amputée de son clitoris comme toutes les femmes de sa race, elle devait être frigide, au moins en ce qui concerne les Européens. Fille d'une sorte de sorcière possédée par de multiples génies, il était entendu qu'elle hériterait de ces esprits et quelques-uns d'entre eux l'avaient déjà frappée de maladie, la marquant ainsi comme une proie qu'ils viendraient habiter inéluctablement. Ayant fait tuer un bélier blanc et feu pour un de ces génies, je la vis ahaner sous la transe — en plein état de possession — et boire dans une tasse de porcelaine le sang de la victime coulant tout chaud de la gorge coupée. Jamais je ne fis l'amour avec elle, mais lorsque eut lieu ce sacrifice il me sembla qu'un rapport plus intime que toute espèce de lien charnel s'établissait entre elle et moi. Après mon départ de Gondar, je finis par des relations de hasard, au quartier chaud de Djibouti,

199

avec des filles somali ; pourtant, de ces amours ou dérisoires ou malheureuses j'ai gardé une impression de paradis.

En 1933 je revins, ayant tué au moins un mythe : celui du voyage en tant que moyen d'évasion. Depuis, je ne me suis soumis à la thérapeutique que deux fois, dont l'une pour un bref laps de temps. Ce que j'y ai appris surtout c'est que, même à travers les manifestations à première vue les plus hétéroclites, l'on se retrouve toujours identique à soi-même, qu'il y a une unité dans une vie et que tout se ramène, quoi qu'on fasse, à une petite constellation de choses qu'on tend à reproduire, sous des formes diverses, un nombre illimité de fois. Je vais mieux, semble-t-il, et ne suis plus hanté aussi continûment par le « tragique » et par l'idée que je ne puis rien faire dont je ne doive rougir. Je mesure mes actes et mes goûts à leur juste valeur, je ne me livre plus guère à ces burlesques incartades, mais tout se passe exactement comme si les constructions fallacieuses sur lesquelles je vivais avaient été sapées à la base sans que rien m'eût été donné qui puisse les remplacer. Il en résulte que j'agis, certes, avec plus de sagacité, mais que le vide dans lequel je me meus en est d'autant plus accusé. Avec une amertume que je ne soupçonnais pas autrefois, j'en viens à m'apercevoir qu'il n'y aurait pour me sauver qu'une certaine ferveur mais que, décidément, ce monde manque d'une chose POUR QUOI JE SERAIS CAPABLE DE MOURIR.

Étant toujours ou au-dessous ou au-dessus des événements concrets, je reste prisonnier de cette alternative : le monde, objet réel, qui me domine et me dévore (telle Judith) par la souffrance et par la peur, ou bien le monde, pur phantasme, qui se dissout entre mes mains, que je détruis (telle Lucrèce poignardée) sans jamais parvenir à le posséder. Peut-être s'agit-il surtout pour moi d'échapper au dilemme en trouvant un moyen tel que le monde et moi — l'objet et le sujet — nous nous tenions debout l'un devant l'autre, de plain-pied, comme devant le taureau se tient le *matador*?

Faisant intervenir les données que m'a fournies l'analyse et comparant notamment l'incident de la querelle avec mon père à propos des vers d'Apollinaire, à une histoire rêvée quelques années plus tard dans laquelle un père idéal, à qui (dans le rêve) je suis lié par des liens équivoques, me tue parce que j'ai accompli un acte équivalant à mon émancipation — c'est-à-dire, symboliquement, à son meurtre pour le supplanter et acquérir la virilité, tel Œdipe tuant Laïus avant de se marier avec Jocaste —, j'arrive à un peu mieux comprendre ce que signifie pour moi la figure de Judith, image de ce châtiment à la fois craint et désiré : la castration.

Et si je pense également à l'influence déprimante qu'a eue sur toute ma formation ce que j'ai reçu d'éducation catholique — principalement la notion du *fruit défendu* et, plus encore, celle du *péché originel* (par laquelle, si certain que je sois d'avoir intellectuellement rompu avec ce genre de préjugés, je sais fort bien que je reste obsédé) — j'en viens à m'expliquer assez clairement par suite de quel sentiment de culpabilité (non plus *caché*, comme celui qui repose sur les représentations infantiles relatives aux conséquences possibles de la masturbation ou des désirs d'inceste, mais en quelque sorte *effectif*) en même temps que la « confession » exerce sur mon esprit un attrait impérieux — par son côté humiliant, joint à ce qu'elle comporte simultanément de scandaleux et d'exhibitionniste — je me conduis toujours comme une espèce de « maudit » que poursuit éternellement sa punition, qui en souffre mais qui ne souhaite rien tant que pousser à son comble cette malédiction, attitude dont j'ai tiré longtemps une joie aiguë bien que sévère, l'érotisme étant nécessairement placé pour moi sous le signe du tourment, de l'ignominie et, plus encore, de la terreur — vraisemblablement mes plus violents facteurs d'excitation parce que eux seuls, en raison de ce qu'ils contiennent de pénible, m'autorisent à regarder ma dîme comme payée et me dispensent le droit de jouir librement, ayant supprimé en acquittant ma dette la stupide hantise du péché originel.

Lentement, un calme à peu près plat s'est substitué à ces tempêtes ; mais depuis quelques mois je constate que je m'engage peut-être ainsi dans un nouvel enfer, moins flamboyant, plus mesquin, mais tout aussi peu vivable. Voici, quoi qu'il en soit, la teneur de ce rêve d' « émancipation » :

8 mai 1925. — Je suis aux bataillons d'Afrique avec mon ami le peintre A.M. (qui fut, dans la réalité, un peu mon père spirituel). Étant plus ancien que moi, A.M. a *tous* les droits sur ma personne. M'étant mis comme hors la loi par l'adoption d'une idéologie d'ordre nihiliste comportant la négation de toute valeur et de toute morale — idéologie plus négative encore que celle de mes amis — je n'ai plus droit à aucun ménagement et ne puis plus être qu'un *objet de plaisir* (en fait, un « souffre-douleurs ») pour mes amis. Tandis que nous sommes occupés à casser des cailloux, A.M. s'amuse à me lapider, me lançant des pierres de plus en plus volumineuses. J'essaye d'éviter les projectiles ; je riposte ; un combat de David et Goliath s'engage. Mais, moins heureux que David, je suis blessé par une grosse pierre qui me touche à la tête, et je tombe assommé. Mon mentor A.M. vient de m'assassiner.

Cette nuit-là, je revins à moi en poussant un hurlement. Ce cri, je me le demande encore aujourd'hui, exprimait-il la pire angoisse ou bien un plaisir fulgurant ?

Il y a environ un an et demi, étant en relation d'amitié amoureuse avec une femme d'origine étrangère qui — je m'en rendis compte plus tard — se jouait de moi, je fis une série de rêves où me semblent être condensées un certain nombre de mes obsessions. Je ne l'avais considérée d'abord que comme une petite fille coquette et maniérée, jusqu'au jour où j'avais appris soudainement qu'elle avait un enfant, ce qui m'avait bouleversé comme une monstruosité, vu la fragilité de sa structure physique. Pour des raisons sur lesquelles je n'ai pas à m'étendre, ma femme devait alors garder le lit, ce qui, au lieu de m'apitoyer, ne faisait qu'encore plus me murer. Du groupe de songes qui furent la transposition au moins indirecte de ces événements, j'extrais les deux suivants, dernières apparitions de Lucrèce et Judith.

LA FEMME TURBAN

Dans un pays vraisemblablement colonial, participant à un complot je fais de la contrebande avec un camarade (garçon rencontré, dans la réalité, aux réunions d'un cercle politique dont j'avais fait partie).

Il y a deux pistes : l'une, en deux étapes, plus longue ; l'autre, en une seule étape, plus courte mais plus fatigante. Nous marchons dans un chemin creux très encaissé, étroit et poussiéreux ; sur notre passage nous apercevons çà et là, gisant à terre, quelques objets tels que masques, sculptures primitives et autres curiosités, mais nous dédaignons de les ramasser. Arrivés, nous sommes dans une ville coloniale sordide : tropiques mous, tièdes et humides, soleil rouge, brouillard. Des gens en kaki se promènent, mal rasés et sales ; un gros surtout, qui se promène avec femme et enfants, est dégoûtant. Puis, après une scène dans une sorte de café qui est le lieu de rendez-vous des comploteurs et des contrebandiers, je me trouve assis devant mon bureau américain (meuble que je possède dans la réalité et sur lequel j'écris en ce moment). J'ai dessiné patiemment sur une large feuille de papier des signes semblables à des virgules ou à des lettres arabes ; c'est le travail minutieux et appliqué de plusieurs mois ou de plusieurs années. Je m'aperçois que ce papier est une pièce d'étoffe et qu'une bouche qui s'y trouve dessinée vers le haut (sans doute par le hasard d'un assemblage de signes) en fait une figure féminine. J'enroule alors comme un turban l'étoffe autour de mon front et reste ainsi figé, le torse nu, assis devant mon bureau, en extase, telle une sorte de fakir (ou — j'y pense maintenant — de radjah analogue à celui qui se poignardait, après avoir fait tuer ses épouses). En chemise de nuit très blanche et très longue, semblable à un fantôme, ma femme se trouve debout à côté de moi. Me voyant mettre le turban, elle murmure avec une tristesse indicible (comme si elle venait enfin de découvrir le sens de ce que depuis si longtemps je faisais, le résultat des signes qu'un à un j'accumulais) : « Ah ! c'était donc cela... » Toujours en extase, je songe qu'il n'y a plus maintenant qu'à mourir. J'étends la main vers le tiroir de droite de mon bureau, tiroir où — dans le rêve ainsi qu'il en était alors dans la réalité — se trouve toujours mon revolver. Mais le mouvement que je fais pour prendre le revolver fait cesser l'extase d'abord, puis m'éveille.

Je constatai le lendemain que la femme-turban n'était autre que mon amie, que j'avais aidée effectivement, la veille, à renouer son turban. Quant à la pièce d'étoffe chargée de signes et animée d'une bouche, je découvris un peu plus tard ce qui me l'avait fournie : l'image des persiennes de ma chambre à coucher (dans l'appartement que, ma femme et moi, nous partagions alors avec ma mère), multiple colonnade de fentes avec une déchirure à l'une d'entre elles vers le haut, la rendant pareille à une bouche que, chaque matin, je voyais entrouverte et qu'il me semblait parfois baiser.

L'OMBILIC SAIGNANT

Je sors d'un lieu public où s'est déroulée une manifestation telle que mariage ou cérémonie officielle, tenant la même amie de mon bras droit passé sur ses épaules. Mon frère aîné (celui que je n'aime pas) marche à côté de nous et me parle de choses qui ne m'intéressent nullement ; il ne s'adresse qu'à moi, se comportant — intentionnellement ou non — comme si mon amie n'était pas là. Je ne sens, quant à moi, que sa présence à elle ; à nous deux nous sommes isolés : pour nous, c'est comme si l'extérieur n'existait pas ; pour l'extérieur, c'est comme si nous-mêmes n'existions pas, et peut-être est-ce pour cela que mon frère ne la voit pas. Mon amie me parle de notre isolement, de notre singularité par rapport aux autres couples.

Elle et moi nous nous trouvons maintenant à la bouche d'une station de métro, debout l'un devant l'autre, près des fontes chantournées de la balustrade ; nous nous querellons. Peinés de nous être querellés, nous nous réconcilions, mais, pour effacer cette peine, les mots ne suffisent pas ; aussi, pour la première fois, très tendrement, nous nous embrassons. L'un de nous dit, ou les deux, comme une sentence prophétique : « Un jour on se disputera ; on se réconciliera... » Le baiser est très doux.

Le décor change : elle et moi sommes seuls dans une chambre, qui fait sans doute partie d'un petit appartement. La décoration de cette pièce est triste : tentures fanées, banales ; on dirait le cabinet de travail d'un savant austère et pauvre. Mon amie est allongée sur un divan, toute nue, n'ayant gardé que les bottes qu'elle porte les jours de pluie. Je lui caresse la poitrine. Je vois son ventre qui me paraît comme tendu, enflé ; à son nombril je découvre une petite flaque de sang. J'éprouve une déchirante pitié, un immense attendrissement, comme si son secret, sa plaie cachée m'avaient été révélés. Avec un tampon d'ouate, très tendrement, j'enlève le sang. Puis — vraisemblablement — j'enfouis ma tête entre ses cuisses.

Le rêve se poursuit dans le quotidien, la banalité. La dernière image est une espèce de tract distribué à ses ouvriers par un entrepreneur socialiste ; au bas du papier est dessinée une paire de brodequins à boutons, dans un style qui rappelle celui de certaines vieilles enseignes de cordonniers.

Dans un rêve qui suivit celui-là au cours de la

même nuit, je reconduisais mon amie chez elle. Il y avait avec nous sa sœur — fille plutôt grosse et vulgaire, qu'il me semblait avoir courtisée autrefois — et peut-être un de mes amis. Nous marchons deux à deux, en groupes assez séparés. Un peu avant que nous soyons arrivés (dans une rue neuve, à maisons cossues, rue éclairée à l'électricité) mon amie me dit à peu près ceci : « Je vous aime assez (*voulant dire qu'elle m'aime, au sens plein, mais seulement un peu*) mais, franchement, je n'aime pas la façon dont vous vous habillez. » Je suis consterné : je pense au chapeau que je porte (alors que tant de garçons vont tête nue), au melon que j'avais autrefois, à mon pardessus cintré, à mes gants, à mon côté guindé, à tout ce qu'il représente, à ma contrainte, etc. Je sais que je ne puis pas changer et que, d'ailleurs, si j'entreprenais de changer, ce serait démériter.

J'explique à mon amie comment il est nécessaire de construire un mur autour de soi, à l'aide du vêtement.

. . . .

Décembre 1930 – novembre 1935.

NOTES

Page 23, ligne 1 : *Je viens d'avoir trente-quatre ans...*

J'en aurai quarante-cinq quand ces pages reparaîtront. Un tel écart justifierait un nouveau livre. Parant au plus pressé, ces notes, réduites à l'indispensable.

Page 49, ligne 27 : *... quel supplice je pourrais endurer...*

Cette question de la résistance à la douleur physique — question qui m'a toujours obsédé, mais de manière toute théorique — acquit une lourde réalité durant la période de terreur policière amenée par l'occupation allemande. Il me reste, comme une ombre sur la conscience, la certitude que, si je m'étais mis dans le cas d'être torturé, je n'aurais jamais eu, entre les mains des tortionnaires, la force de ne pas parler.

Page 50, ligne 4 : *... et au troisième acte duquel...*

En vérité le quatrième et non le troisième acte. Ce dernier est celui du retour des soldats, avec le fameux chœur :

> « Gloire immortelle de nos aïeux
> Sois-nous fidèle mourons comme eux... »

C'est à cet acte-là que meurt le frère de Marguerite, tué d'une botte secrète par Méphistophélès secondant Faust (peu sportivement) dans son combat avec lui.

Page 66, ligne 20 : ... *Molière, auteur dont je déteste toutes les œuvres...*

Ayant assisté à une représentation de *L'Avare* en janvier 1941 (moment, il est vrai, où l'on se retournait volontiers vers les classiques français, ainsi qu'il en fut durant toutes les années d'occupation) j'y pris un plaisir très grand et réformai mon jugement sur Molière, déjà passablement ébranlé quand j'avais vu *Tartuffe*. Ce qui me frappe, à voir jouer une pièce de Molière, c'est — chose si rare au théâtre — ce langage « qu'on entend » : langue vive, concrète, dont chaque mot passe la rampe, tandis que l'action, en volée de bois vert, pétarade sur les planches.

Page 72, ligne 7 : ... *l'attitude du public à ce moment est une attitude religieuse...*

La sortie du taureau mort, tiré par des mules ou des chevaux qu'excitent le claquement des fouets maniés par les valets d'arène dits « singes savants », me paraît aujourd'hui d'allure carnavalesque plutôt que religieuse. Il est vrai que le carnaval, qui a gardé plus ou moins son sens de parodie, est une fête d'origine bel et bien religieuse.

Page 73, ligne 32 : ... *un bon descabello...*

J'ignorais alors que le *descabello* n'est qu'un coup de grâce ; aujourd'hui, je ne parlerais plus d'un « bon » *descabello*. Quant au tout jeune Sévillan dont il est question quelques lignes plus bas, je crois que s'il m'était possible de le revoir je m'en voudrais d'avoir écrit qu'il avait tué convenablement.

Page 102, ligne 18 : ... *le poignet sanguinolent...*

Ce que je me représentais de cette blessure, c'était quelque chose d'assez semblable à une figue fraîche ouverte. Ou, du moins, c'est à cette blessure que maintenant je songe, quand je vois une figue fraîche ouverte.

Page 169, ligne 17 : ... *son dévergondage me faisait redouter d'être trahi et bafoué...*

Et aussi — il me faut ajouter ici cet autre aveu, beaucoup plus grave — parce que j'avais pour elle un certain mépris, du point de vue social. Je la trouvais « voyou » (ce qu'elle était effectivement) et n'aurais osé me montrer avec elle dans aucun des lieux que je fréquentais. C'est pourquoi, lâchement, je lui préférais la société de grues, encore plus dévergondées mais plus brillantes, qui ne tenaient aucun compte de moi.

Page 201, ligne 16 : ... *j'arrive à un peu mieux comprendre...*

Aujourd'hui, je n'exprimerais plus cela en termes psychanalytiques et parlant castration. Au lieu d'un châtiment à la fois craint et désiré, j'invoquerais la peur que j'ai de m'engager, de prendre mes responsabilités — d'où ma tendance, balancée par une envie inverse, à fuir comme redoutable toute détermination virile — attitude d'ensemble que j'adopte à l'égard de la vie (qu'on ne peut vivre qu'à la condition d'accepter de mourir) et attitude dont ce que je ressens quant à l'amour physique n'est rien de plus qu'un cas particulier.

Page 202, ligne 5 : ... *de l'ignominie et, plus encore, de la terreur...*

« Honte » et « angoisse » aurais-je mieux fait d'écrire, plutôt qu'« ignominie » et « terreur ». Car cela vient toujours de moi et relève d'une comédie que je me donne, alors que les choses à proprement parler ignominieuses ou terribles, loin d'être pour moi des excitants, m'ont toujours porté plutôt à rentrer dans ma coquille.

Page 204, ligne 30 : *En chemise de nuit très blanche...*

Dans ce rêve, celle qui se présente revêtue d'une très longue et blanche chemise de nuit apparaît comme étant essentiellement mon *témoin*, autrement dit : le regard qui assiste au déroulement de ma vie, devant qui ma vie doit prendre une signification et par qui je serai jugé méritant ou coupable. Mais il y a dans ce qui me lie à elle quelque chose de plus tendre et plus ambigu que cette relation d'ordre moral.

Date qui marque dans l'enfance, on peut n'avoir pas oublié la première fois qu'on a goûté à certain mets considéré comme précieux. Ainsi, pour moi, le jour sinistre où l'on me donna des sorbets ; pour elle, la découverte qu'elle fit des bananes, un jour que, fillette, on l'avait emmenée se faire arracher une dent à la ville la plus proche de son pays natal : afin de la consoler du mal qu'elle avait souffert, la personne qui la conduisait lui avait acheté l'un de ces beaux fruits aujourd'hui si communs mais rares encore, il n'y a pas tellement d'années, hors de Paris ou des villes de quelque importance. Mon cœur craque à l'idée de ce cadeau, voulu compensateur, à l'enfant qui est devenue ma compagne : chose terriblement poignante que ces douceurs qu'on offre à des êtres jeunes comme pour leur faire oublier dans quel piège, venant au monde, ils sont tombés.

Du même registre d'émotion, à peine dévié vers l'illicite : la *Justine* de Sade qui, petite encore, se caresse dans son lit le soir, sur le conseil de sa sœur aînée sortie du couvent, lorsqu'elle ressent trop cruellement la mort récente de son père ; la jeune épouse de fermier (rôle de Janet Gaynor dans un film, je crois, de Murnau intitulé *L'Aurore*) à qui son mari (le George O'Brien de *Hors du gouffre* et de tant d'autres aventures de chute et de résurrection) offrait un monceau de gâteaux, à une fête villageoise, parce qu'il venait d'être tenté, se trouvant en barque avec elle, de la jeter par-dessus bord afin de poursuivre une intrigue avec une gourgandine en toute liberté.

En 1964, à ces notes vieilles de quelque vingt ans, bien d'autres devraient s'ajouter. Je retiendrai du moins celle-ci.

Page 96, ligne 10 : ... *cette autre ordure de Puccini...*

Depuis que, le 19 mars 1951, j'ai vu représenter ce western chanté, *La Fanciulla del West*, au San Carlo de Naples, j'éprouve une vraie passion pour la musique de Puccini. Galvaudée certes, mais non vulgaire, constamment adéquate aux fluctuations du drame, ardente, légère et parfois véhémente à l'extrême sans que jamais la merveilleuse coulée soit rompue, elle est bien dans la ligne amorcée par Monteverdi. Car cet ami du Tasse non seulement orienta vers le réalisme l'opéra naissant et en ouvrit l'accès à un public plus large que celui des gens de cour, mais fut guidé par un souci littéralement « expressionniste » : créer une musique apte à mettre en valeur la parole et ses charges émotives.

L'évolution d'un cancer à la gorge empêcha Puccini d'achever *Turandot*, somptueuse chinoiserie dans laquelle, partant de Gozzi et s'écartant du vérisme, il traite l'histoire de la princesse qui fait décapiter ses prétendants, incapables de résoudre les énigmes qu'elle leur propose. A cette parente du Sphinx et de Judith est opposée, comme une Lucrèce, une touchante figure imaginée par les librettistes, sur le vœu du compositeur : la jeune esclave Liu, qui se poignarde pour préserver l'incognito du prétendant vainqueur dont elle causerait la mort en révélant son nom. Celui qu'avait inspiré déjà le hara-kiri de Butterfly survécut de peu à cette autre suicidée, et la scène de la mort de Liu est la dernière qu'il écrivit. *L'opéra sera représenté incomplet et quelqu'un s'avancera sur la scène pour dire : « A ce moment le Maestro est mort »*, tel est le propos qu'aurait tenu Puccini tandis qu'il composait l'œuvre qu'il entendait conclure par son plus beau duo d'amour et à quoi il souhaitait donner tout le poids et tout le sens d'un testament. Déjà tourmenté par la maladie, cet auteur à succès n'avait pas hésité à parcourir plus de cent kilomètres en automobile pour satisfaire la curiosité qui le pressait d'écouter un musicien encore rejeté par presque tous, mais dont certains parlaient comme d'un grand novateur : Arnold Schönberg avec qui, à l'issue du concert, il eut un entretien des plus cordiaux.

Quand je visitai, en 1958, à Torre del Lago, la villa de Puccini transformée en musée, on me montra le piano droit sur lequel il travaillait et l'on me dit, avant de me conduire à la chapelle privée où se trouve son tombeau, que celui-ci était placé juste derrière la cloison à laquelle l'instrument s'adossait. Je ne pus me défendre de penser que c'était le petit meuble de bois noir que l'artiste avait choisi pour cercueil comme si, en confiant sa dépouille au piano que sa musique animait naguère et qui représentait la matrice où s'était formé ce qu'il garderait de présent, il avait spectaculairement affirmé qu'un défunt peut mener, sous le manteau de son art, une existence seconde. Chance comparable à celle du Prince Inconnu qui, dans *Turandot*, parvient à changer en une tendre amante la dure princesse dont il semblait n'avoir à attendre qu'un sort sanglant d'Yokanaan ou d'Holopherne.

COLLECTION FOLIO

5005. Pierre Jourde — *Le Tibet sans peine*

5006. Javier Marías — *Demain dans la bataille pense à moi*

5007. Ian McEwan — *Sur la plage de Chesil*

5008. Gisèle Pineau — *Morne Câpresse*

5009. Charles Dickens — *David Copperfield*

5010. Anonyme — *Le Petit-Fils d'Hercule*

5011. Marcel Aymé — *La bonne peinture*

5012. Mikhaïl Boulgakov — *J'ai tué*

5013. Arthur Conan Doyle — *L'interprète grec et autres aventures de Sherlock Holmes*

5014. Frank Conroy — *Le cas mystérieux de R.*

5015. Arthur Conan Doyle — *Une affaire d'identité et autres aventures de Sherlock Holmes*

5016. Cesare Pavese — *Histoire secrète*

5017. Graham Swift — *Le sérail*

5018. Rabindranath Tagore — *Aux bords du Gange*

5019. Émile Zola — *Pour une nuit d'amour*

5020. Pierric Bailly — *Polichinelle*

5022. Alma Brami — *Sans elle*

5023. Catherine Cusset — *Un brillant avenir*

5024. Didier Daeninckx — *Les figurants. Cités perdues*

5025. Alicia Drake — *Beautiful People. Saint Laurent, Lagerfeld : splendeurs et misères de la mode*

5026. Sylvie Germain — *Les Personnages*

5027. Denis Podalydès — *Voix off*

5028. Manuel Rivas — *L'Éclat dans l'Abîme*

5029. Salman Rushdie — *Les enfants de minuit*

5030. Salman Rushdie — *L'Enchanteresse de Florence*

5031. Bernhard Schlink — *Le week-end*

5032. Collectif — *Écrivains fin-de-siècle*

5033. Dermot Bolger — *Toute la famille sur la jetée du Paradis*

5034. Nina Bouraoui — *Appelez-moi par mon prénom*